Dario Fo
Einer für alle, alle für einen! Verzeihung,
wer ist hier eigentlich der Boß?
Rotbuch Taschenbuch 1085

Dario Fo
Einer für alle, alle für einen! Verzeihung, wer ist hier eigentlich der Boß?

Aus dem Italienischen von
Peter O. Chotjewitz

ROTBUCH Verlag

Originaltitel:
Tutti uniti! Tutti insieme! Ma scusa, quello non è il padrone?

Die Deutsche Bibliothek – CIP-Einheitsaufnahme

Fo, Dario:
Einer für alle, alle für einen! : Verzeihung, wer ist hier eigentlich der Boß? / Dario Fo. Aus dem Ital. übers. von Peter O. Chotjewitz. - Hamburg : Rotbuch-Verl., 1997
(Rotbuch-Taschenbuch)
ISBN 3-88022-905-8

Aufführungsrechte für den deutschsprachigen Raum:
Verlag der Autoren, Frankfurt am Main
Umschlaggestaltung: Groothuis+Malsy, Bremen
Druck und Bindung: Wagner GmbH, Nördlingen
ISBN 3-88022-905-8

Einer für alle, alle für einen! Verzeihung, wer ist hier eigentlich der Boß?

Personen

Antonia
Norberto (Saxofon)
Hauptmann (später Oberst)
1. Schneiderin
2. Schneiderin
Schneider
Präfekt
Signora Burgos
Gewerkschafter
Faschist
1. Gefangener
2. Gefangener
3. Gefangener
Frau des 1. Gefangenen
Frau des 2. Gefangenen
Frau des 3. Gefangenen
Wachtmeister
Gefängniswärter
LKW-Fahrer
Wachsoldaten

Jeweils drei bis vier Rollen können mit einem Schauspieler besetzt werden, z.B. die 1. Schneiderin und die Frau eines Inhaftierten, die 2. Schneiderin, Signora Burgos und die Frau eines anderen Inhaftierten.

Erster Teil

Drei Gefangene und eine ebenfalls inhaftierte Frau vollführen die Bewegungen von Leuten, die auf der Ladefläche eines Lastwagens auf einer sehr unebenen und kurvenreichen Straße fahren. Sie sind aneinandergekettet. Realistischer, akustischer Hintergrund eines Lastwagenmotors mit Beschleunigungen und Verlangsamungen, Gangschaltung, Fahrgeräuschen. – Es ist wichtig, daß die pantomimischen Äußerungen der Schauspieler, die die verschiedenen plötzlichen Erschütterungen (wie Verlust des Gleichgewichts etc.) wiedergeben, vollkommen übereinstimmen, fast wie bei einem Tanz. Die Frau ist hochschwanger, mindestens im sechsten oder siebten Monat. Sie jammert bei jeder starken Erschütterung.

Frauenstimme *von außen:* Es war am 14. Februar 1923: Mit drei anderen Gefangenen befand ich mich auf einem Lastwagen. Wir durchquerten Sizilien auf dem Wege zum Hafen, um auf die Sträflingsinsel verschifft zu werden.

Antonia *jammert:* Ich halt das nicht aus . . . *jammert*

1.Gefangener: Verdammt noch mal! Kann der nicht fahren, dieser Scheißkerl.

Wachtmeister: Gib acht, was du sagst!

2. Gefangener: Wie willst du einen nennen, der weiß, hier sitzt eine Schwangere, und der fährt wie eine Sau . . . Die spürt jedes Schlagloch!

1. Gefangener: Der läßt kein Loch aus.

Wachtmeister: Ich hab ihm gesagt, daß er langsamer fahren soll, aber er darf nicht. Wir fahren in Kolonne. Wenn er die andern verliert, landen wir sonstwo und nicht in Milazzo. Das Schiff wartet nicht.

1. Gefangener: Wie schön. Und um den Anschluß nicht zu verpassen, bringt er lieber eine Frau um! Oder riskiert, daß sie eine Fehlgeburt hat. Und dann regt ihr euch auf, wenn es heißt . . .

Wachtmeister: Paß auf, halts Maul, verschluck deine Worte und kau sie. Wenn wir nicht auf die Insel kommen, kannst du das Meer von unten betrachten. *Die Frau jammert vor sich hin.*

2. Gefangener: Wollt ihr, daß sie verreckt? Ich meine

schon euretwegen . . . kriegt ihr keinen Ärger, wenn sie hier krepiert?

Wachtmeister: Nicht so viel, wie wenn wir zu spät kommen. Ihr seid eben Politische. Ganz im Vertrauen: Wenn ihr umkommt, verlieren wir sogar die Prämie!!

3. Gefangener: Danke für das Vertrauen. Aber das Kind? Was hat es euch getan?

Wachtmeister: Ist das mein Kind? Ich hab nicht mit ihr geschlafen . . . dieser Nutte. Wenn sie eine ehrliche und anständige Frau wäre, hätte sie es sich früher überlegt, bevor sie sich einläßt mit euch Umstürzlern.

1. Gefangener: Porca miseria, was haben sie dich versaut mit ihrer Propaganda, deine Bosse.

Wachtmeister: Was für Propaganda? Ich habe keinen Boss ... Ich bin ein Mann des Gesetzes ... meine Arbeit ist eine Mission ...

1. Gefangener: Ja, eine Mission des Hungers und des Todes . . .

Wachtmeister: Sag das noch mal und ich bring dich um! *Er bedroht ihn mit dem Gewehrkolben.*

2. Gefangener: Ruhig . . . er meint nur, du solltest diese Frau achten, dich um die Frau kümmern . . . Sie haben ihr zwanzig Jahre Verbannung verpaßt . . . ihren Mann haben sie umgebracht . . . sie haben nicht einmal Rücksicht darauf genommen, daß sie schwanger ist. Und sie hat das nicht aus Dummheit oder aus Eigennutz getan, sondern auch für dich. Was hat der kleine Mann für eine Wahl: auswandern, den Aufpasser spielen, für vier Groschen, oder krepieren vor Hunger.

Wachtmeister: Ich kenn die Leier. Die üblichen Verdrehungen von euch Roten. Quatsch meinetwegen bis morgen früh. Diese Redensarten gehen bei mir . . . hier rein und da raus.

2. Gefangener: Ich weiß, daß du ein großes Loch hast im Kopf.

Wachtmeister: Jetzt hörst du auf! *Tut so, als wollte er ihn mit dem Kolben schlagen. Ein großer Satz des Wagens schüttelt die Gefangenen. Die Frau schreit auf und krümmt sich vor Schmerz.*

1. Gefangener: Komm, wir ziehen sie hoch und stützen sie. Sonst bringt das Gerüttel sie um.

3. Gefangener: Gut, aber wer hält das durch? Noch ein paar Kilometer, und wir brechen uns das Kreuz und die Arme.
1. Gefangener: Wenn wir uns Arme und Beine gebrochen haben, sprechen wir darüber. Heb sie hoch.
2. Gefangener: Der Kopf . . . halt ihn fest.
1. Gefangener: Siehst du . . . so gehts besser. Antonia, wie geht's dir? Antonia, fühlst du dich besser?
Antonia: Nein, ich habe nichts verbrochen . . . laßt mich gehen!
2. Gefangener: Die Ärmste. Sie hat einen Albtraum.
Antonia: Mein Hut, mein Hut . . . Ihr zerreißt ihn mir ja . . . nicht schubsen!
Frauenstimme *wie im Traum:* Signor Capitano, ich möchte den Capitano sprechen . . . *Eine Frau betritt die Bühne und wendet sich an einen Carabiniere.*
Frau: Den Capitano, ich möchte den Capitano sprechen.
Antonia und die Frau *gleichzeitig:* Da, schaun Sie. Sie haben mir alle Kirschen vom Hut gegessen!
Das Licht verlöscht. Ein Hauptmann der Carabinieri betritt die Bühne mit einem Tisch und zwei Stühlen. Von rechts tritt Antonia auf. Gekleidet im Stil der belle epoque. Mit einem großen Hut mit breiter Krempe, auf dem Weintrauben, Blumensträußchen und Kirschen stecken. Sie ist nicht mehr schwanger und wirkt erheblich jünger als in der vorigen Szene. Ein Schild mit der Aufschrift „1911" wird herabgesenkt.
Antonia: Eine nach der anderen haben sie gepflückt und aufgegessen.
Wachtmeister: Vielleicht hatten sie Hunger.
Antonia: Sie waren doch gar nicht echt! Sie waren aus Wachs.
Wachtmeister: Wenn einer Hunger hat ...
Antonia: Wissen Sie, daß die Männer in dem Saal mir das bißchen Geld gestohlen haben, das ich hatte? Passen Sie auf, hier gibt es Diebe! Ich hab's Ihnen gesagt! *Die Szene wird völlig erleuchtet, so daß auch der Hauptmann der Carabinieri auftaucht.*
Hauptmann: Wie heißt du? Los . . . Name, Vorname.
Antonia: Antonia. Antonia Berazzi . . . Eltern Luigi und Maria geborene Vinciguerra.

Hauptmann: Nimm Platz . . . tritt näher . . . und setz dich . . . sei unbesorgt. Wenn nichts gegen dich vorliegt, kannst du wieder gehen . . . Setz dich, hab ich gesagt! Wo wohnst du?

Antonia: Und du? *Sie kommt näher.*

Hauptmann: Wieso „und du“?

Antonia: Ich weiß nicht, woher wir uns kennen . . . waren wir verlobt?

Hauptmann: Verlobt? *Sie ergreift seine Hand.*

Antonia: Nein? Dann sind wir miteinander verwandt?

Hauptmann: Was redest du da? *Sie setzt sich.*

Antonia: Ich dachte . . . wenn wir uns duzen . . . das muß doch einen Grund haben, oder?

Hauptmann: Hör zu, das ist nicht witzig . . . Wenn du so weiter machts, landest du acht Tage im Bau. Du bist in einem konspirativen Unterschlupf aufgegriffen worden . . . und du erklärst mir gefälligst, was du da zu suchen hattest!

Antonia: Konspirativer Unterschlupf!? Sie müssen sich irren. Es war eine Art Versammlung, die mich selber etwas verwundert hat. Ich dachte, wir wollten tanzen gehn . . . und hatte extra meine bequemen Schuhe angezogen . . . da, schauen Sie . . . und dann meinen Hut, Pariser Modell . . . den ich da drin nicht einmal aufbehalten durfte, weil die hinter uns nichts sahen. Fragen Sie Linda . . . meine Freundin, die mit mir war.

Hauptmann: Die ist uns entwischt. Wie heißt deine Freundin?

Antonia: Linda, aber das ist nicht ihr richtiger Name. Richtig heißt sie Karolina oder Theresa ... etwas ganz Entlegenes ... Deshalb hat sie den Namen geändert.

Hauptmann: Und wie heißt sie mit Nachnamen?

Antonia; Das weiß ich nicht . . . wir nennen uns nie mit Nachnamen.

Hauptmann: Ich weiß, der übliche Trick bei den Subversiven.

Antonia: Wieso subversiv . . . Sie reden vielleicht kindisch daher . . .

Hauptmann: Ich rede nicht kindisch . . .!

Antonia: Ich bin Schneiderin ... aber Haute Couture ...

wenn meine Chefin erfährt, daß ich da drin war, wer weiß, was passiert ...

Hauptmann: Siehst du? Wenn du nicht willst, daß deine Chefin was erfährt, dann sing mal. Was hast du da gewollt, wer hat dich dahingeschleppt ...

Antonia: Ich sags Ihnen doch, Linda ... Weil Samstag, da geht man halt aus ... Fast immer irgend ein Gatte der Kundschaft unserer Ghefin, der uns abholen kommt ... aber heute: Essig ... Sagt die Linda zu mir: Ach weißt du, statt schon wieder mit einem der üblichen Typen auszugehen, die einem schmachtend zu Füßen liegen, bis du zum Schluß noch den Freistilringer machen mußt ... nein danke ... Verzeihen Sie, aber ich kann heute wirklich nicht ... oder: was denken Sie von mir, ich bin überzeugte Katholikin ... Also nee danke, sagt sie, weißt du, wo wir heute hingehn? Da kommst du nie drauf, wo wir heute hingehen ... „Ach, und wohin bitte?" ... „Das wird eine Überraschung"... „Irgendwas Moralisches?"... „Genau das Gegenteil von Moral" ... Wie wir so reden, kommen zwei, zwei Jungens ... also der eine, sein Cousin vielleicht ein bißchen mehr auf die feine Art, so der Typ Eisenbahngenossenschaftsschwätzer ... aber der andere: Spitze! Das sah man sofort an dem Hemd ... feine Seide zu dreißig das Meter, schickes Jackett, tiefe Taille, reine Schurwolle ... und dann die Stimme ... Signor Capitano! Ich schäme mich nicht, Ihnen zu gestehen, daß ich das Herzflattern kriegte! Eine Stimme, völlig rund, wunderbar tief ... wie ein Saxofon! Nicht wie Ihre.

Hauptmann: Wie heißt dieses Saxofon?

Antonia: Alberto ... nein Umberto ... oder Roberto ... jetzt hab ichs vergessen! Ist ja auch dasselbe.

Hauptmann: Es ist nicht dasselbe. Wie hieß er?!

Antonia: Ich erinner mich nicht. Ich sags doch, ich war völlig weg von der Stimme ... wer denkt da an Namen?

Hauptmann: Nachname?

Antonia: Wenn es Sie interessiert, kann ich Ihnen verraten, daß er Schanghai benutzt ... das kann ich beschwören.

Hauptmann: Was heißt hier Schanghai? *Antonia geht ganz dicht an ihn heran.*

Antonia: Ein Rasierwasser ... das duftet. Sollten Sie auch nehmen. Was nehmen Sie für eins? Lassen Sie mal riechen.

Hauptmann: Laß das.

Antonia: Ooh je, ich will Sie doch nicht fressen ... Eigentlich mag ich überhaupt keine Polizisten ... ich steh viel mehr auf Finanzbeamten!

Hauptmann: Also machen wir weiter?

Antonia: Die beiden Jungs begleiten uns also mit der Straßenbahn, bezahlt hat der Cousin von dieser Linda, dem gehts gut. Bis in die Straße da, und dann ein Treppchen runter, so eine Wendeltreppe, wissen Sie ... Ich träumte schon von Wasserpfeifen, Champagner und Canapees. Stattdessen kommen wir in einen großen Raum mit nichts außer Menschen, die völlig schweigsam dasitzen und einem zuhören, so einem Irrenhaustyp, mit feurigen Augen ...

Hauptmann: Mussolini?

Antonia: Wer?

Hauptmann: Der Typ, den du gehört hast, heißt Mussolini ... wir kennen ihn bereits ... ein extremistischer Sozialist ... Revoluzzer ... Sorelianer!

Antonia: Sorelianer? Was ist das?

Hauptmann: Versuch nicht, mich für dumm zu verkaufen ...

Antonia: Nein, wirklich! Was ist das?

Hauptmann: Es bedeutet, daß er mit einem gewissen Sorel sympathisiert, ein Franzose, der behauptet, daß nur die organisierte Gewalt in der Lage ist, die Gesellschaft zu verändern, -- aber sags nicht weiter.

Antonia: Ja, genau. Gerade, als ich reinkam, sagte er wirklich, daß dieser Bresci ... dieser Anarchist, der unsern König Umberto ermordet hat ...

Hauptmann: Ich weiß.

Antonia: Ach, das wissen Sie schon? Dann brauch ichs Ihnen ja nicht zu erzählen.

Hauptmann: Aber nein! Ich weiß, daß Bresci der Anarchist ist, der unsern König ermordet hat, aber ich weiß nicht, was dieser Mussolini gesagt hat.

Antonia: Ja, also, er sagte, daß dieser Bresci für ihn ein Held wäre.

Hauptmann: Sehr gut. *Er schreibt.* Und weiter?

Antonia: Er wäre ein wirklicher Held und hätte eine gute Tat begangen, auch wenn er ein Einzelgänger gewesen wäre, aber daß er die Geschichte verändert hätte. Weil durch den Tod unseres Königs die Armee geschwächt worden wäre ... und die Soldaten wären nicht mehr als Streikbrecher gegen die Arbeiter eingesetzt worden, wenn sie in Streik gingen.

Hauptmann: Langsam, langsam, ich muß mitschreiben.

Antonia: Ja und dann wäre es eine ernste Warnung gewesen ... genau das hat er gesagt: Eine ernste Warnung und eine gerechte Sühne für die Ermordung der sizilianischen Bauern, die während des Aufstandes der Bauernbünde ermordet worden sind ... in welchem Jahr hab ich vergessen. Und auch für das Blutbad von Mailand, wo unser König diesen General Bava gelobt hätte, weil er auf die armen Leute hätte mit Kanonen schießen lassen. Und weil er ihm dafür noch den Orden der heiligen Jungfrau verliehen hätte. Und daß diese infame Geste ... dem Bresci die Kraft verliehen hätte ... für die heilige Rache des Volkes! Haben Sie mitgeschrieben? Heilige Rache des Volkes. Und wissen Sie, was er noch gesagt hat?

Hauptmann: Was noch?

Antonia: Soll ichs sagen?

Hauptmann: Sags schon.

Antonia: Ich sags Ihnen! Er sagte, es stimmt nicht, daß Bresci sich im Gefängnis selber aufgehängt hat, wie es in dem Lied heißt: „ er bereute es sehr, riß sein Handtuch entzwei, und hängte sich auf, da war es vorbei.“ Wissen Sie, was er gewagt hat zu sagen? Daß ihr Carabinieri ihn zu Tode geprügelt habt. Ist das wahr?

Hauptmann: Das hat Mussolini gesagt?

Antonia: Ja, und daß es Beweise gibt. Die anderen Häftlinge hätten ihn schreien gehört: „Hilfe, Mama mia, sie bringen mich um!“
Und daß man nicht weiß, wo seine Leiche begraben wurde. Daß der Totenschein gefälscht wurde ... und noch eine Menge Beleidigungen über ihre verdienstvolle Einheit, bis ich gesagt habe: „Schluß jetzt, ich will nichts mehr hören!“

Hauptmann: Was noch für Beleidigungen?

Antonia: Ich sag Ihnen doch, ich wollte nichts mehr hören.

Hauptmann: Aber Sie haben es gehört.

Antonia: Ja ... gegen meinen Willen.

Hauptmann: Dann red schon!

Antonia: Er sagte, ihr Polizisten hättet die Neigung, von Zeit zu Zeit die Leute umzubringen.

Hauptmann: Woher weißt du das?! Wer hat dir das gesagt?!

Antonia: Der Nette, der mit dem Seidenhemd ... mit der Saxofonstimme. Bitte, Signor Capitano, sagen Sie, daß es nicht wahr ist ... weil, ich ... mich hat diese Geschichte in eine tiefe Krise gestürzt ... ich war so fröhlich ... wollte tanzen gehen ... ich hatte doch extra meinen Hut aufgesetzt, das Pariser Modell, und die bequemen Schuhe angezogen. Und da kommt so ein Mensch und sagt mir, daß es keine Gerechtigkeit mehr gibt, daß das Recht nur denen gehört, die uns kommandieren ... daß ihr Polizeibeamten getreue Staatsdiener seid, aber daß der Staat nur den Interessen der Unternehmer und der reichen Leute dient ... Bitte, Signor Capitano, sagen Sie, daß es nicht stimmt, sagen Sie, daß alle Menschen dieselben Rechte haben und daß es nicht davon abhängt, ob einer Geld hat und der andere keins ... Ich bin dieser Gesellschaft gut, auch dem König, selbst wenn er ein bißchen klein geraten ist, der Regierung, der grün-weiß-roten Fahne. – Bitte, sagen Sie was.

Hauptmann: Moment mal, Moment mal. Du kannst mich doch nicht verhören. Diese Leute sind anarchistische Aufrührer, skrupellose Elemente, die gewisse juristische Fehlleistungen ausnutzen, um aufzuwiegeln, Untergrundarbeit zu leisten ... In allen Gesellschaften gibt es Unregelmäßigkeiten, das ist bekannt ... bestimmte Irrtümer ... aber es ist ein Verbrechen, das zu verallgemeinern!

Antonia: Wunderbar, großartig ... weiter so, ich fühle mich schon besser ... Es ist alles nur dummes Zeug, Übertreibungen. Wie das mit dem Krieg in Libyen.

Hauptmann: Was ist mit dem Krieg in Libyen?

Antonia: Sie haben gesagt, man muß die Truppen aufhalten, die Transporte sabotieren, die Eisenbahngeleise zerstören, die Brücken in die Luft sprengen ... die Schiffsmotoren vernichten, in die Heizkessel Meerwasser leiten.

Hauptmann: Wann haben sie das gesagt? Wer war das?

Antonia: Ein Moment noch ... erst will ich wissen, ob das stimmt, was man mir erzählt hat, das hat mich erschüttert.

Hauptmann: Was interessiert mich, was dich erschüttert hat! Ich will wissen, wer von Sabotage gesprochen hat.

Antonia: Aber mich interessiert es, und wie ... Ich kann nicht leben mit solchen Zweifeln, das bekommt mir nicht ... ich kann nicht einmal mehr meine Ohrringe tragen, so schwach fühl ich mich ...

Hauptmann: Heilige Jungfrau Maria, willst du mir endlich den Namen sagen, sonst ...

Antonia: Sonst was?! Signor Capitano! Spielen Sie hier nicht den Herrn im Haus, sonst kriege ich Lust, Ihnen nichts mehr zu sagen, dann ist es aus und vorbei! Ihr könnt mich zu Tode prügeln, wie diesen Anarchisten, langsam habe ich nämlich doch Zweifel, ob die Geschichte nicht doch stimmt. Bei mir können Sie mit guten Manieren alles erreichen, da ziehe ich sogar das Höschen aus, wie man so sagt, aber mit Überheblichkeit – nichts da ... da werd ich zu Marmor ... wie eine Friedhofsfigur. Ohne Rücksicht auf die Hinterbliebenen.

Hauptmann: Schon gut ... ich höre, schieß los ... Was hat dich so erschüttert an der Geschichte mit Libyen?

Antonia: Erst einmal waren da zwei, die haben ein Lied gesungen.

Hauptmann: War das ein Varieté?

Antonia: Nein, nein! Das machen sie immer so, erst singen sie was und dann diskutieren sie.

Hauptmann: Was war das für ein Lied?

Antonia: Es ging etwa so:
Spiel Gitarre, spiel ein Lied
von Libyen will ich singen.
Vom Soldaten, der sterben muß
und anderen grausamen Dingen.

Hauptmann: Ein römisches Volkslied?

Antonia: Ja, so in etwa ...

Im Hintergrund der Bühne wird durch Wechsel der Beleuchtung eine Gruppe sichtbar, die das Lied singt und mit Gitarre begleitet wird – und wenn noch andere Instrumente hinzutreten, so schadet das nichts.

O, Giolitti, Giovanni, wohin?
Schickst uns zum Sterben nach Libyen.
Tust der Verbrechen zu viel,
weil die Bank von Rom es will.

Spiel Gitarre, spiel ein Lied ...

Und die Bank von Rom gehört dem Papst,
der hat in Libyen Güter und Geld.
Der Araber stöhnt unterm Türkenjoch.
Der Papst befiehlt: Befreit ihn doch
davon und allem, was uns fehlt.
Die Schwefelminen, die wir brauchen,
die Zinkerzlager, die wir brauchen,
damit bei uns die Essen rauchen
und sich die Monopole mästen!
Und du, Giolitti, Giovanni, wohin?
Besorgst der Bank von Rom den Gewinn.
Was zahlt sie dir für jeden Soldat,
der schon sein Leben gelassen hat?

Hauptmann: Verdammter Judas! Diese eine Zeile reicht aus, um euch zehn Jahre ins Zuchthaus zu bringen, mit anschließender Sicherheitsverwahrung ... Bastarde!

Antonia: Laßt sie weitersingen. Still, nicht stören, wenn einer singt, Capitano!

Musik: Spiel Gitarre, spiel ein Lied,
was die Soldaten beginnen.
Wenn sie kommen, nach langer Fahrt,
das gelobte Land zu gewinnen.
gesprochen
Sagen werden sie:
Verdammtes Libyen, verdammicher Sand!
Es hieß, du wärst Äcker und Wiesen.
Uns quält der Durst, keine Brunnen im Land.
Um Wasser zu sehn, mußt du pissen.
Verbrecherregierung, zu lange schon.
Bist schuldig an Elend und Not.

Generäle schrein: Der Ruhm ist dein Lohn!
Die Bank von Rom ist dein Tod.

Hauptmann: Diese elenden Bastarde einer dreckigen Hure! Los, sag mir Namen und Vornamen der zwei Sänger. Denen werd ichs besorgen.

Antonia: Wollen Sies ihnen besorgen, weil sie lügen, oder weil man nicht sagen darf, was die Wahrheit ist?

Hauptmann: Es ist ein Verbrechen und damit basta! Es ist ein Verbrechen, Nachrichten zu verbreiten, die zu Aufruhr und Boykott führen können ... und das Ansehen der Regierung schädigen.

Antonia: Aber die Nachrichten stimmen doch, oder?

Hauptmann: Es ist eine gemeine Lüge, daß Ministerpräsident Giolitti Libyen erobern läßt, um dem Vatikan einen Dienst zu erweisen.

Antonia: Also wem will er diesen Dienst erweisen?

Hauptmann: Der italienischen Nation ... genau der. Dem Volk!

Antonia: Aber was!

Hauptmann: Ohne Kolonien werden wir nie in den Kreis der großen Nationen Europas aufgenommen. Außerdem ist Libyen ein riesiges Gebiet.

Antonia: Mir haben sie gesagt, es wäre eine riesige Wüste.

Hauptmann: Das Gebiet von Tripolis ist fruchtbar und könnte Tausende italienischer Arbeitskräfte aufnehmen. Weißt du, wie viele Auswanderer wir haben?

Antonia: Ich weiß, ich weiß, mehr als eine halbe Million im Jahr wandern aus. *Singend* „Es singen die schwimmenden Särge ... “

Hauptmann: Jawohl! Und es sind die besten italienischen Arbeitskräfte, die da wegziehen! Die Jugend! Was bleibt, sind die unproduktiven Alten.

Antonia: Ja, das ist eine Plage, die unproduktiven Alten ... ich würde sie umbringen. Aber trotzdem, verzeihen Sie, im Sonntagsblatt hab ich gelesen, daß diese Armen, die Auswanderer, durchaus kein Verlust für die Nation wären ... weil sie alle ihre Ersparnisse zu uns in die Heimat schicken, da retteten sie das Dingsda ... wos vor allem drauf ankommt ...

Hauptmann: Die Zahlungsbilanz mit dem Ausland?

Antonia: Genau ... eben wegen dem Geld aus dem Ausland! Also ich denk mir, wenn die Regierung sie stattdessen einberuft, um in Libyen Krieg zu führen ... was kriegen wir dann? Ich meine bei dem Sold. Ich frage Sie: Wozu schicken wir die nach Libyen?!

Hauptmann: Das kannst du nicht verstehen! Das ist eine Frage des internationalen Prestiges!

Antonia: Da muß ich Ihnen Recht geben ... wenn man so einen Botschafter ins Ausland schickt ... – ich meine, da wird man respektiert. Macht nichts, Boss daß Sie mich schlecht bezahlen, weil wenn Sie mich sehen, grüßen Sie mich höflichst, ziehen den Hu vor mir, weil ich Kolonien hab in Afrika ... mit vie len Negerlein, die barfuß rumrennen und rufen: Viv L'Italia –

Hauptmann: Sag einmal, bist du wirklich so blöd ode denkst du, ich könnt dir den Buckel runterrutschen?

Antonia: Den Buckel!? Wo denken Sie hin? Wenn das meine Mutter wüßte!

Hauptmann: Also wenn du jetzt überzeugt bist, würdest du mir bitte die Namen derjenigen nennen, die zu den Sabotageakten aufgerufen haben?

Antonia: Lassen Sie mich nachdenken. Also da waren die einen, die waren dafür, und die andern, die waren dagegen. Erst sagte der eine ... ein sozialistischer Abgeordneter glaub ich, mit einer riesigen schwarzen Krawatte ... ein furchtbarer Aufschneider ...

Hauptmann: Baronti?

Antonia: Meinetwegen. Der Baronti fing an zu schreien: „Wir müssen" – genau das hat er gesagt! – „Wir müssen den Generalstreik ausrufen! Sämtliche Arbeiter müssen die Arme kreuzen und ihren totalen Dissens ausdrücken!" Was bedeutet Dissens?

Hauptmann: Daß sie nicht einverstanden sind ... mach weiter.

Antonia: Mehr hat er nicht gesagt.

Hauptmann: Wie? Dagegen und Schluß aus?

Antonia: Das haben ihn die anderen ja auch gefragt. Was er denn nun dagegen machen will. Einer hat sogar mit schmutzigen Wörtern um sich geworfen.

Hauptmann: Schmutzige Wörter? Ich höre.

Antonia: Aber nein.

Hauptmann: Komm, du bist doch keine höhere Tochter.

Antonia: Ich will nicht, daß Sie sich beleidigt fühlen.
Hauptmann: Wieso sollte ich ...
Antonia: Weil er zu ihm gesagt hat: „Herr Abgeordneter, du bist blöder als ein Stück trockene Scheiße! Cacca secca."
Hauptmann: Ist das alles?
Antonia: Nein: Trockene Scheiße eines Polizisten ... Sehen Sie, jetzt sind Sie beleidigt. Der Baronti war auch beleidigt. „Trockene Scheiße eines Polizisten!", hat er geschrien, „hat noch keiner zu mir gesagt, in den letzten drei Monaten!"
Hauptmann: Schon gut ... beruhige dich. Also der Baronti hat einen Generalstreik gegen den Krieg gefordert, 24 Stunden, nehme ich an.
Antonia: Ja. Arme gekreuzt, nicht zu Provokationen hinreißen lassen ... größte Wachsamkeit und Verantwortungsbewußtsein ... Sicherheit und Ordnung ... keine strafbaren Handlungen ... alle bleiben zuhause, möglichst an einem Sonntag. Zwei Gewerkschaftler waren auch dafür: „Bekräftigen wir die totale Abstinenz", nachher erklären Sie mir, was Abstinenz bedeutet, „der Arbeiterschaft gegen den blutigen, kriminellen Wahnsinn einer verantwortungslosen Regierung und eines unersättlichen und zynischen Kapitals!" Schön, nicht wahr? Ich hab wie wild geklatscht, aber die anderen haben ihm nur einen entsetzlichen Maulpfurz geblasen, so: *Sie legt den Handballen seitlich auf die Lippen und läßt einen donnernden Maulpfurz direkt ins Gesicht des Hauptmanns.*
Hauptmann: Könntest du woanders blasen?
Antonia: Natürlich, auch wenns keine solche Befriedigung gibt. „Was juckt die Regierung dein Generalstreik", haben sie ihn gefragt. Die Transportzüge müssen wir aufhalten ... fliegende Demonstrationen veranstalten, überall ... den Menschen, vor allem den Frauen, erklären, daß diesen Krieg nur die Arbeiter bezahlen. Es sind ihre Söhne und ihre Männer, die da unten krepieren ... und nach dem Krieg gibt es einen Haufen neue Steuern und Steuererhöhungen, damit wir auch noch die Kosten bezahlen können.
Hauptmann: Wer hat das gesagt?
Antonia: Der mit der Stimme wie ein Saxofon. Wenn

der sprach, hörte ich nur Musik und kriegte Lust zu tanzen ... was Langsames natürlich.

Hauptmann: Sag mal, würdest du ihn wieder erkennen?

Antonia: Den Saxofon?

Hauptmann: Genau den.

Antonia: Wer weiß. Erst treff ich ihn und dann entwischt er mir, daß ich nicht mal Zeit habe ... weil ihr dazwischen kämt und Stunk machtet. Ihr seid aber auch etwas überspannt, ihr Carabinieri, kommt einfach rein in anderleuts Häuser ohne anzuklopfen ... auf einmal war der ganze riesige Keller leer. Ich habe noch gerufen: „Was lauft ihr so, sind doch bloß die Carabinieri!“ Aber mein Saxofon – Zisch – ist mir unter den Augen entwischt, ohne die Tageszeit zu sagen. Sagen Sie, Signor Capitano, Sie haben nicht zufällig die Adresse von meinem Saxofon? Sie wissen ja, kleine Ursachen, große Wirkung.

Hauptmann: Wenn ich die Adresse hätte, würd ich ihm auch einen Besuch machen, vielleicht sogar mit dir.

Antonia: Um ihn zu verhaften, wie? Und vielleicht grün und blau zu schlagen, mein armes Saxofon!

Hauptmann: Nicht: Armes Saxofon! Das ist ein Umstürzler, kapierst du endlich?! Ich wette, daß er französischer Agent ist.

Antonia: Französischer Agent?

Hauptmann: Weißt du nicht, daß Frankreich sich dieses Libyen unter den Nagel reißen will, wie sie uns schon einiges abgestaubt haben? Tunesien, Algerien, Marokko!

Antonia: Die Franzosen, diese Ganoven! *Ein Wachtmeister kommt von rechts mit einigen Papieren.*

Wachtmeister: Verzeihen Sie die Störung, Signor Capitano ... wir haben ein halbes Dutzend von den Roten gefangen, die in dem Keller waren.

Hauptmann: Gut, bringt sie rauf.

Wachtmeister: Hier sind die Papiere, die sie bei sich hatten.

Hauptmann: Gut so. Jetzt sag mir mal, welcher von diesen Käuzen zu den Saboteuren gehört.

Antonia: Ach, wie! Ich soll den Spion spielen? Nein, bedaure, da mach ich nicht mit: „Spion, Spionchen, hier kommt das Scherchen, die Schere macht schnippschnapp, schneid dir die Zunge ab!" Bei meinem christlichen Gewissen, das mach ich nicht. Wenn das meine Mutter wüßte.

Hauptmann: Hör zu! Entweder du tust, was ich sage, oder ... du bist gar nicht aus Turin, wie mir scheint.

Antonia: Aus einem Dorf bei Novara ...

Hauptmann: Siehst du. Und wenn ich nicht irre, hast du auch keinen Arbeitsvertrag. *Er blättert in ihren Papieren.*

Antonia: Die Chefin hat mir keinen geben wollen.

Hauptmann: Also auch keinen Wohnsitz. Na bitte: Mit dem ersten Zug fährst du nach Hause mit Aufenthaltsverbot ... das heißt, sobald du versuchst, nach Turin zurückzukommen, laß ich dich einbuchten und registrieren: als Nutte.

Antonia: Also wenn Sie so gefühlvoll werden ... das überzeugt mich.

Hauptmann: Gut, dann setz Dich hier vor die Glastür ... so, jetzt kommen sie.

Antonia: Sie sind ein bißchen weit weg ...

Hauptmann: Da, nimm den Feldstecher ...

Antonia: Och, ist das toll ... Mama mia, sind die nahe, beinah zum Anfassen ... *senkt die Stimme und spricht leise* Signor Capitano! Der da, den kenn ich ...

Hauptmann: Welchen?

Antonia: Den da, sehn Sie nicht? Kommen Sie, wir schauen zusammen ... ich mit dem linken Auge und Sie mit dem rechten ...

Hauptmann: Laß das! Beschreib ihn mir.

Antonia: Er trägt einen Hut, eine Hand in der Tasche. Der da, der sich eben zur Seite gedreht hat.

Hauptmann: *blättert in den Ausweisen* Und was hat er Besonderes gesagt bei der Versammlung?

Antonia: Daß wir alles Spinner wären ... weil wir da rumsäßen und uns diese dermatologischen ...

Hauptmann: Demagogischen!

Antonia: Richtig! Was bedeutet das?

Hauptmann: Ist uninteressant, mach weiter ...

Antonia: Ja ... weil wenn gesagt würde, daß Giovanni Giolitti ... das ist unser Ministerpräsident!

Hauptmann: Das weiß ich ...

Antonia: Sie wissen aber auch alles! Das wäre ein Spinner, ein Drei-Groschen-Politikaster ... also, die Drei-Groschen-Politikaster, das wären wir, diese Operetten-Sozialisten, dagegen Giolitti, das wäre ein wirklich fundierter Politiker, der sein Kapital total auswendig gelernt hätte ...

Hauptmann: Das Kapital.

Antonia: Das Kapital, ja. Sagen Sie, stimmt es, daß der Mann, der das geschrieben hat, ein bißchen marxistisch gewesen sein soll?

Hauptmann: Mach weiter!

Antonia: Und zwar, weil Giolitti den Sozialisten angeboten hätte, in die Regierung einzutreten ... nachdem er dieses Kapital gelesen hätte, hätte er gleich erkannt, daß eine Revolutionspartei, deren Parteiführer mit Ministerposten geködert werden, nie im Leben mehr eine Revolution macht.

Hauptmann: Das ist richtig, dagegen gibts nichts zu sagen.

Antonia: Davon versteh ich nichts ... das ist Ihre Aufgabe, die Leute zu verhaften ... ich bin nur Spionin. Soll ich weitermachen?

Hauptmann: Ja, aber einen anderen.

Antonia: Sehn Sie den da, der ein bißchen aussieht wie ein gerupftes Huhn? Der hat sich mit Mussolini angelegt. Er wäre ein Abenteurer. Da! Da ist er ja. Der Mussolini! Der mit dem Hut ... und dem schwarzen Schnurrbart...

Hauptmann: Gib mal her.

Antonia: Sagten Sie nicht, Sie kennen den Mussolini?

Hauptmann: Ja, aber nur vom Namen her ... erwischt hab ich ihn noch nie ... *Er blättert in einem Paß, den ihm der Wachtmeister gebracht hat.* Schau an, sogar der Personalausweis ist gefälscht ... da hat er sich selbst reingeritten ...

Antonia: Ich bin gut, was?

Hauptmann: Hervorragend. *Nach draußen* Brigadiere, kommen Sie mal ... Sehen Sie den Mann mit dem schiefen Hut?

Wachtmeister: Welchen, Signor Capitano?

Hauptmann: Den *gibt ihm das Fernglas* mit dem schwarzen Schnauzer ... und den runden Augen mit dem durchdringenden Blick ...

Wachtmeister: Zu Befehl!

Hauptmann: Der Mann ist ein gefährlicher Umstürzler ... lebt im Untergrund, sogar mit falschen Papieren. Schnapp ihn dir und bring ihn in das kleine Zimmer nebenan. *Zu Antonia* Und du bleibst hier und rührst dich nicht von der Stelle. *Ab.*

Antonia: Ja, aber dann lassen Sie mich laufen, nicht wahr? ... Weg ist er. *Der Wachtmeister führt einen Gefangenen herein, der an beiden Unterarmen mit einer Kette gefesselt ist.*

Wachtmeister: Signor Capitano, wir haben noch so einen Roten erwischt! Ist der Capitano nicht hier?

Antonia *schaut immer noch mit dem Fernglas in den Zuschauerraum:* Er ist ins Zimmer da hinten und versucht den Mussolini auszuquetschen.

Wachtmeister: Donnerwetter. *Zu dem Gefangenen* Du bleibst hier. *Geht ab. Man hört das Schloß einrasten.*

Saxofon: Dann muß ich ja wohl.

Antonia: Mamma mia, die Stimme! *Sie dreht sich abrupt um.*

Saxofon: Hehi! Pazzarella ... haben sie dich auch erwischt?

Antonia: Saxofon!

Saxofon: Hä?

Antonia: Ach nichts ... wie schön, dich wiederzusehn ... ist das ein Zufall ...

Saxofon: Ein schöner Zufall, sich im Knast wiederzusehn.

Antonia: Ja, schon ... aber so was: Da komm ich her, um dich zu suchen, und dann kommt mein Saxofon, verschnürt und versiegelt.

Saxofon: Hör auf mit dem Saxofon ... was soll das?

Antonia: Du ähnelst halt, weißt du ...

Saxofon: Einem Saxofon?

Antonia: Nein, nur wegen der Stimme, wenn du sprichst ... wawoh, wohaho! So wirkt das auf mich ... ist dir das nie aufgefallen?

Saxofon: Du bist verrückt ...

Antonia: Mamma mia, wenn der jetzt zurückkommt und dich sprechen hört, merkt er sofort ...

Saxofon: Wer merkt was?

Antonia: Der Capitano. Weil ich hab ihm erzählt von dir

und deiner Rede, die du gehalten hast ... daß man den Widerstand organisieren müßte und die Leute dazu kriegen, die Züge aufzuhalten ...
Saxofon: Das hast du ihm gesagt? Und warum?
Antonia: Nur so, um was zu reden ... Du kennst die Carabinieri. Sie haben so eine überzeugende Art.
Saxofon: Hast du ihm gesagt, wie ich heiße?
Antonia: Ich hab mich nicht erinnert, wie du heißt. Wie heißt du?
Saxofon: Norberto!
Antonia: Norberto! Das klingt wie eine Oper von Verdi. „Norberto" „Oper in vier Akten". Ich hab ihm gesagt, daß du eine Stimme hast wie ein Saxofon. Wenn er jetzt kommt und dich hört, dann hat er dich. Der hat feine Ohren.
Saxofon: Der merkt überhaupt nichts. Ich hab eine völlig normale Stimme.
Antonia: Wie ein völlig normales Saxofon. Glaub mir. Versuch ein bißchen anders zu reden ... was weiß ich, durch die Nase ... mit dem Bauch ... still, still, er kommt.
Saxofon: Du kennst mich nicht ... *Hauptmann und Wachtmeister treten auf.*
Hauptmann: Schon gut, schon gut! Ich werd dirs schon zeigen. *Zum Wachtmeister* Brigadiere! Hol eine große Kanne Wasser und mach ein halbes Kilo Salz rein.
Wachtmeister: Befehl, Signor Capitano!
Hauptmann: Und bring einen Trichter mit. Bring das ganze Zeug her. Den Cocktail mix ich ihm persönlich!
Antonia: Was, ihr gebt Mussolini gesalzenes Wasser zu trinken? Warum macht ihr sowas?
Hauptmann: Der Ärmste hat eine Kolik ... er ist total aufgebläht. Er hat sich so aufgeregt beim Reden, daß er verstopft ist ... jetzt helfen wir ihm ein bißchen.
Antonia: So eine Schweinerei, Salzwasser ... ihr seid ganz schön fies.
Hauptmann: Wieso fies? Wir wollen sein Bestes. Er hat sich so aufgeregt, und das beruhigt ihn wieder! Du hättest ihn hören sollen ... „Ich bin nicht der übliche kleine Anarchist, der euch schutzlos ausgeliefert ist! Ich bin Sozialist ... ein Parteiführer! Hinter mir steht eine organisierte und starke revolutionäre Par-

tei. Jeder Übergriff auf mich richtet sich gegen die Arbeiterschaft, die ich repräsentiere!"

Antonia: Ich wäre vorsichtig an Ihrer Stelle! Wenn der mal was wird ...

Hauptmann: Ach was! Der Clown wird nie was!

Antonia: Ja, aber vielleicht gibts eine Revolte ... wenn Giolitti nicht nachgibt ... und die Sozialisten kommen wirklich an die Regierung. Eines Tages heißt der Polizeimeister Mussolini, und dann trinken Sie das ganze Mittelmeer aus ... mit einem Schuß totes Meer, damits besser schmeckt!

Hauptmann: Der?! Wenn er Sozialdemokrat wäre, vielleicht ... Aber so? Und wer ist das? Wo kommt der her?

Antonia: Den seh ich ja auch zum ersten Mal. Den muß der Carabiniere gebracht haben.

Hauptmann: Wer bist du? Red schon!

Antonia: Vielleicht ein Ausländer ... oder er hat einen Schock erlitten. Meine Mutter hat mal einen Schock gekriegt, weil ein Hund sie beißen wollte, daß sie nicht mehr sprechen konnte, eine Woche lang ... ich weiß noch, was mein Vater gelacht hat ... der hat vielleicht was gelacht.

Hauptmann: Dem geben wir auch von dem Verdauungstrank-Cocktail. Schön gurgeln ... und der Schock ist weg.

Antonia: Nein, das nicht, der Ärmste ... reden Sie doch ... seien Sie lieb, reden Sie was mit dem Capitano. Er ist so freundlich. Vielleicht durch die Nase. *Der Wachtmeister kommt.*

Hauptmann: Sag mal, weißt du was über den?

Wachtmeister: Wir haben ihn verhaftet, Signore Capitano. Er hat auf einer Versammlung gesprochen, vor Fabrikarbeitern in der Via Lanzo.

Saxofon: Na und? Ich will wissen, was ich verbrochen habe?

Hauptmann: Er kann sprechen!

Saxofon: Seit sechs Monaten haben wir ein Gesetz, das uns gestattet, uns zu organisieren und Gewerkschaftsversammlungen durchzuführen.

Antonia: Was für eine häßliche Stimme, so durch die Nase!

Hauptmann: Dann bist du Arbeiter?
Saxofon: Ja, Fräser in der FIAT-Motoren.
Antonia: Ein Arbeiter, so eine Enttäuschung ... Fräser!
Hauptmann: Schweig still! Ziehst dich aber gut an für einen Fräser; Krawatte, seidenes Hemd ...
Saxofon: Ihr mögt den Arbeiter wohl nur zerlumpt und halb verhungert? *Der Hauptmann gibt ihm eine schallende Ohrfeige.*
Antonia: Jetzt streitet euch doch nicht!
Hauptmann: Nein! Wir wollen nur, daß der Arbeiter bescheiden und respektvoll auftritt ... Schau einmal. Er trägt nicht nur ein seidenes Hemd, sondern dieselbe Jacke mit tiefer Taille aus reiner Schurwolle wie dein Freund mit der Saxofon-Stimme ... der gestern abend in dem Keller zur Sabotage von Militärtransporten aufgerufen hat ... oder irr ich mich?
Antonia: Ja, Sie irren sich, bestimmt ... Sie beleidigen mich fast. Mein richtiger Freund ist ganz große Klasse ... das da ist nur ein schwacher Abglanz. Ein Vorstadt-Gigolo. Haben sie nicht diese Stimme gehört? Prö-prö-prö, wie das klingt!
Hauptmann: Schon gut, schon gut. *Zum Wachtmeister.* Und was sagte unser Abglanz zu den Arbeitern?
Wachtmeister: Das weiß ich nicht, Signor Capitano. Es war keine Zeit zum Zuhören!
Hauptmann: Warum?
Wachtmeister: Weil ich ihn sofort verhaftet habe!
Hauptmann: Idiot! Erst hört man zu! Man nimmt Anstoß! Man ermittelt das Delikt und bringt es zur Anzeige. Dann erst wird verhaftet!
Wachtmeister: Seit wann?
Hauptmann: Wie, seit wann?
Wachtmeister: Zu Befehl! Ich meine ...
Hauptmann: Sie meinen, daß Sie noch in der Zeit der Regierung Crispi leben ... keine Experimente ... inzwischen hatten wir eine Reformpolitik! Es gibt ein Gesetz über die Rechte der Arbeiter, das ihnen einen Schutz garantiert.
Wachtmeister: Man darf sie nicht mehr verhaften?
Hauptmann: Wer sagt das?
Wachtmeister: Sie, Capitano!
Hauptmann: Geistiger Dünnschiß! Natürlich darf man

sie verhaften! Wer sind die Hüter des Rechts?

Wachtmeister: Wir, Signor Capitano!

Hauptmann: Eben. Also müssen wir sie auch in Schutz nehmen!

Wachtmeister: Jawohl, Capitano!

Hauptmann: Vor uns.

Wachtmeister: Jawohl, Capitano!

Hauptmann: Vor unserer Willkür!

Wachtmeister: Jawohl, Capitano!

Hauptmann: Hältst du das für möglich?

Wachtmeister: Nein, Capitano!

Hauptmann: Siehst du. Also ist es reine Formsache! Früher durftest du sie verhaften, verprügeln ... sogar niederschießen, ohne nach dem Grund zu fragen. Heute mußt du dich fragen, warum du das tust. Wenn du keine Antwort weißt, keine Rechtfertigung hast, macht nichts. Dafür ist die Justiz da.

Wachtmeister: Jawohl, Capitano!

Hauptmann *gibt ihm die Wasserkanne:* Nimm, geh rüber und gib ihm zu trinken, aber in kleinen Schlukken. Ich komm nach.

Wachtmeister: Jawohl, Signor Capitano! *Will gehen.*

Hauptmann: Wohin gehst du? Willst dus ihm einfach so reinschütten? Ohne Trichter? Ungebildeter Flegel! *Er steckt ihm den Trichter in den Mund.*

Wachtmeister: Jawohl, Signor Capitano!

Hauptmann: Jawohl, Signor Capitano, jawohl, Signor Capitano ... ich frag mich, wo ihr euren Kopf habt ... Jetzt sag du mir mal, wegen was ich den hier anzeigen soll. Da verhaften sie die Leute, als wärens Kartoffeln und keine freien Bürger in einem freien Land ... gib mir einen Tip ... einen kleinen Tip.

Antonia: Ja, es ist traurig, ohne einen Tip. Der freie Bürger entwischt einem aus den Händen, wie die Karnickel.

Saxofon: Nehmen Sies nicht so ernst ... ich kann Ihnen sagen, worüber ich gesprochen habe.

Antonia *leise:* Bist du still!

Saxofon: Ich sagte den Kollegen, wir müßten endlich aufhören zu glauben, wir hätten wer weiß was für Fortschritte gemacht, seit dem Altertum ... als wir noch Sklaven waren.

Hauptmann: Ach, ihr habt keine Fortschritte gemacht?

Saxofon: Nein, wir haben uns verschlechtert. Früher, wenn ein Unternehmer eine Arbeitskraft brauchte, mußte er auf den Markt gehen, sich einen Sklaven kaufen, einen Haufen Geld bezahlen ... ein guter Sklave war mehr wert als ein Pferd ...

Antonia: Das waren Preise!

Saxofon: Dann mußte er ihn gut unterhalten ... ihm eine Wohnung geben ... ihm gut und ausreichend zu essen geben. Ihn pflegen lassen, wenn er krank wurde ... sich ausruhen lassen, wenn er müde war ...

Antonia: Das stimmt.

Saxofon: Heute dagegen braucht kein Unternehmer sich mehr um unsere Gesundheit zu sorgen ... Es kostet ihn kein Geld, uns zu kaufen und hat uns nicht unser Lebtag lang auf dem Hals ... Er mietet uns einfach ... und wenn wir anfangen abzubauen, schmeißt er uns raus und nimmt sich einen neuen.

Antonia: Recht hat er!

Saxofon: Der Besitzer eines Sklaven konnte ihn verkaufen ... er war ein Kapital, das man gut behandeln mußte, damit er nicht an Wert verlor ... der heutige Unternehmer investiert keinen Pfennig in unsere Haut: er beutet unsere Arbeitskraft aus und Feierabend!

Antonia: Da hab ich nie drüber nachgedacht.

Hauptmann: Wann hast du schon mal nachgedacht?

Saxofon: Deswegen stand der Sklave von einst besser da als wir.

Antonia: Aber der Herr konnte seinen Sklaven töten lassen, wenn er rebellierte.

Saxofon: Heute etwa nicht? Frag den Signor Capitano, in welcher Höhe sie schießen lassen, bei den sogenannten Ausschreitungen. Arbeitsvieh sind wir ... Kanonenfutter für ihre Kriege. Unsere Frauen sind Gebärmütter für neue Arbeitskräfte.

Antonia: Kerle, der kann reden ... nur ein bißchen durch die Nase ... großartig!

Hauptmann: Ein Maulheld ist er ... schlimmer als der eine, den wir gerade in Salzlake einlegen.

Wachtmeister: Verzeihung, Signor Capitano! Wir sind so weit.

Hauptmann: Moment noch, ich komme gleich. Gebt ihm noch ein bißchen gegen den Durst ... *Aus dem Nebenzimmer hört man Gurgeln und Würgen. Durch die geöffnete Tür wird Wasser gespuckt, das der Hauptmann abbekommt.* Was soll das! Ihr habt ihn zu voll gemacht! Steckt ihm einen Korken in den Mund und schließt die Tür! *Aus dem Nebenraum hört man Würgen und Husten.* So! Heute gehts dem Arbeiter schlechter, häh? Dann sag mir mal: Der Sklave, durfte der wählen? Konnte er ins Ausland reisen? *Im Nebenzimmer gurgelt es.*

Saxofon: Warum sagen sie nicht ‚auswandern'?

Antonia: Sei still!

Hauptmann: Konnte er sich seidene Hemden kaufen und ein Fahrrad leisten?

Antonia: Wenn das Fahrrad noch gar nicht erfunden war?

Hauptmann: Halt den Mund. Dich hat keiner gefragt!

Antonia: Ich sag ja gar nichts.

Hauptmann: Giolitti hat eine Riesendummheit begangen, euch Konzessionen zu machen ... das Wahlrecht für alle ... sogar Analphabeten.

Antonia: Mit Ausnahme der Frauen.

Hauptmann: Das Recht, Gewerkschaften zu bilden und sogar das Streikrecht ... jetzt haben wir den Salat! *Aus dem Nebenzimmer heftiges Gurgeln. Die Tür geht auf, und der Wachtmeister erscheint.* Sie spucken dir auf den Teller! *Durch die Tür kommt ein Mundvoll Wasser, wieder auf den Hauptmann.*

Antonia: Und sogar auf Sie persönlich, wenn Sie das meinen!

Wachtmeister: Er hälts nicht bei sich.

Hauptmann: Das seh ich! Bring diesen Mussolini in ein anderes Zimmer! Und bring mir Wasser, damit ich die Salzbrühe abwischen kann. *Der Wachtmeister stellt die Kanne mit dem Salzwasser und das Glas, das er in er Hand hält, auf den Tisch und verschwindet.*

Saxofon: Verzeihen Sie, aber die großen Zugeständnisse, die Giolitti uns gemacht haben soll, sind uns nicht geschenkt worden. Wir haben sie uns erkämpfen müssen. *Der Wachtmeister kommt mit einer zweiten*

Kanne und einem zweiten Becher zurück. Die Kannen sind zum Verwechseln ähnlich. Der Hauptmann taucht sein Taschentuch in das Wasser und versucht, sich zu reinigen. Antonia will ihm helfen.

Antonia: Lassen Sie mich mal ... Das ist Frauenarbeit!

Saxofon: Machen wir uns nichts vor: Das Wahlrecht und all die sogenannten demokratischen Zugeständnisse, sind nur die Sicherungen, die die Regierung einschrauben mußte, um zu vermeiden, daß alles in die Luft fliegt!

Hauptmann: Ach so? Und wer hat dir diesen Quatsch erzählt?

Antonia: Ja, wirklich.

Saxofon: Ein gewisser Giolitti, derzeitiger Ministerpräsident. Aber er hats nicht mir erzählt, sondern dem Abgeordnetenhaus, als er gegen die Rechten gewettert hat: „Ihr seid der wichtigste und größte Verbündete des Proletariats", hat er gesagt. „Sie sind die Satrapen der Revolution!"

Antonia: Was ist eine Satrape?

Hauptmann: Schweig still und gieß mir ein bißchen Wasser in das Glas da ... ich hab einen ganz salzigen Geschmack im Mund. *Antonia tut, was er sagt, aber natürlich verwechselt sie die Karaffen und schüttet ihm Salzwasser ein.*

Saxofon: „Ihr seid die Steigbügelhalter der Weltrevolution, weil mit eurer Politik, immer den Weg der dumpfsten und abgefeimtesten Repression zu gehen, statt den Weg der wohldosierten und unauffälligen Reformen – mit euren unsinnigen und übertriebenen Polizeieinsätzen – habt ihr die reformistischen und gemäßigten Kräfte in der sozialistischen Partei, die auf dem Wege waren, die gesamte Arbeiterbewegung zu beherrschen, zerschlagen." *Der Wachtmeister tritt ein und bleibt kurz vor dem Hauptmann stehen. Der greift gedankenverloren zum Glas, trinkt und spuckt alles auf den Wachtmeister. Antonia entschuldigt sich mit Gesten für die Verwechslung.*

Antonia: Ich hab die Karaffe verwechselt.

Saxofon: „Wenn die sozialistische Partei heute eine breite revolutionäre Basis hat, dann dank eurer brutalen und unnachgiebigen Gewaltpolitik, eurer Politik der Niedrigstlöhne und Höchstgewinne, eurer Wirtschaftspolitik der hohen Außenzölle zur Verteidigung unseres kleinen, bevorzugten Binnenmarktes nach Art der Steinzeitkapitalisten, die ihr seid!"

Hauptmann: Das hat Giolitti gesagt?

Saxofon: Hat er gesagt. „Euer Motto ist: keine Experimente, keine Zugeständnisse! Hoch lebe der staatliche Machtapparat! Wann werdet ihr endlich begreifen. Wenn in einem Dampfkessel zuviel Druck herrscht, braucht man nicht gleich das ganze Feuer zu löschen. Es genügt, ein paar Ventile zu öffnen, damit etwas Dampf entweichen kann!"

Hauptmann *zum Wachtmeister:* Geh und trockne dich ab. *Wachtmeister ab.*

Saxofon: „Unsere Ventile heißen: Reformen! Vernünftige und überschaubare Reformen. Unsere Verbündeten, die natürlichen Verbündeten des Bürgertums und der Wirtschaft, sind die Reformisten ... wir sollten dankbar sein, daß es sie gibt!"
Das hat Giolitti gesagt.

Antonia: Bravo! Großartig! Du bist eine Kanone, Saxofon!

Hauptmann: Saxofon? Ach du bist das Saxofon? Der Mann aus dem Untergrund? Na, prima!

Antonia: Nein, nein, das ist er nicht ... ich meine, Saxofon, wie man so sagt ...

Saxofon: Pazzarella!

Hauptmann: Brigadiere?!

Antonia: Es ist alles nur deine Schuld ... Du mit deiner runden Stimme ... bei der es einem warm und heiß werden kann ... *Der Wachtmeister tritt auf.*

Hauptmann: Der Mann ist verhaftet! Bringen Sie ihn weg. Du kannst gehen. Du bist frei.

Antonia: Warten Sie, Capitano ... darf ich ihm wenigstens Aufwiedersehn sagen? War ich keine gute Spionin? Gleich zwei Mal?

Hauptmann: Meinetwegen, aber mach schnell. *Hauptmann und Wachtmeister ab.*

Antonia: Du hast ja Recht ... ich bin wirklich ein Unglücksrabe ... wo hab ich nur meinen Kopf. Ich könnte gegen die Wand rennen. Es ist zum Heulen. Warum sagst du nichts? He, du! Grobian! Sieht, daß ich fast am Heulen bin, und er, statt mich zu trösten „Nimms nicht so schwer, es wird sich schon alles finden" ... sitzt da, wie ein Stock ... hast du was gegen mich?

Saxofon: Nein, ich hab nichts gegen dich ... nur ausgerechnet jetzt, wegen der vielen Arbeit, die wir haben ... die Streiks, die Demonstrationen gegen den Krieg ... daß sie mich ausgerechnet jetzt verhaften müssen ... Kannst du mir einen Gefallen tun? Geh zu den Genossen hier *er kritzelt auf ein Stück Papier* ... da ist die Adresse und alles ... sag ihnen, was passiert ist ... sie sollen zu mir nach Hause gehn und alles verschwinden lassen ... sie wissen schon, was.

Antonia: Ja, gut, mach ich ...

Saxofon: Paß auf, daß sie dich nicht erwischen mit dem Zettel!

Antonia: Lieber eß ich ihn auf.

Saxofon: Sie sollen meinen Leuten Bescheid geben, daß sie mich besuchen sollen.

Antonia: Darf ich dich auch besuchen?

Saxofon: Wenn du nicht verwandt bist, lassen sie dich nicht rein.

Antonia: Und wenn ich sage, daß ich deine Geliebte bin?

Saxofon: Meine Geliebte?

Antonia: Ja, oder öd ich dich an?

Saxofon: Nein, bestimmt nicht, aber ...

Antonia: Ist was?

Saxofon: Nein, nichts ... ich meine, gut.

Antonia: Was, gut?

Saxofon: Sag ruhig, daß du meine Geliebte bist.

Antonia: Darf ich? Darf ichs bloß den Wärtern vom Gefängnis sagen oder auch den anderen?

Saxofon: Welche anderen?

Antonia: Allen! Meiner Mutter, meinen Freundinnen, der Linda, deinen Genossen mit der Adresse. *Sie wedelt mit dem Zettel.*

Saxofon: Du bist wirklich verrückt!

Antonia: Also darf ich ... oder nicht?

Saxofon: Ja, du darfst, natürlich darfst du.

Antonia: Ich darf! *Sie hüpft schreiend über die Bühne.* Leute! Ich hab einen Geliebten!!! Leute! Das Saxofon! Ist mein Geliebter! *Der Hauptmann tritt auf, ge-*

folgt von drei Gefangenen, die durch eine Kette aneinandergekettet sind.

Antonia: Herr Hauptmann! Ich habe den schönsten revolutionären Geliebten der Welt: Norberto, das Saxofon!

Hauptmann: He! Beruhige dich! Du bist nicht im Irrenhaus! *Schließt das Eisen um Norbertos Handgelenk, so daß er mit an der Kette hängt.* Auf, Marsch ... an die Kette ...

Antonia: Warten Sie! Warten Sie! Ich muß ihn ein letztes Mal umarmen! ... ich meine: das erste Mal ... *Umarmt ihn und küßt ihn ab* O, wie ist die Revolution so schön! *Gesang der Gefangenen im Hintergrund.*

Ja, legt uns nur in Ketten,
Polypenpack und Richter,
Ihr dient dem Kapital.
Und werft uns ins Gefängnis,
zum Sterben, wie Gelichter,
begrabt uns tausend Mal..

Antonia und Saxofon stehen während der ersten Strophe eng umarmt. Antonia hält immer noch den Zettel in der Hand.

Hauptmann: Was ist das für ein Zettel, laß mal sehn.

Antonia: Sie sehen gar nichts ... *Sie nimmt ihm den Zettel wieder weg.* Lieber eß ich ihn auf! *Steckt ihn in den Mund und kaut drauf herum.*

Hauptmann: Gib sofort her! Spuck's aus! *Antonia flieht.*

Antonia: Er geht nicht runter! *Sie nimmt ein Glas vom Tisch, trinkt. Verzieht das Gesicht und spuckt dem Hauptmann alles ins Gesicht.* Herrje! Ist das salzig!

Hauptmann: Das ist zuviel! Jetzt langts! In die Augen.... verdammte Nutte! Ich hab alles in die Augen gekriegt!

Antonia: Unten.

Hauptmann: Los, auf! Bewegt euch, ihr Hunde. *Trocknet sich mit einem Taschentuch ab. Die Gefangenen setzen sich in Bewegung, indem sie auf der Stelle laufen. Auch ihre Füße sind durch eine Kette miteinander verbunden.*

Ja, legt uns nur in Ketten,
Polypenpack und Richter,
Ihr dient dem Kapital.

Und werft uns ins Gefängnis,
zum Sterben, wie Gelichter,
begrabt uns tausend Mal.
Der Tag wird kommen, die Revolution,
schwemmt auch davon wie ein roter Strom
in Zuchthäuser und Fabriken.
Wir gründen vereint die neue Partei.
Dann ist der Betrug der alten vorbei.
Die Revolution ist ihr einziges Ziel,
weil es die Arbeiterklasse will.
Polypenpack und Richter,
Ihr dient dem Kapital.
Und werft uns ins Gefängnis,
zum Sterben, wie Gelichter.
Begrabt uns tausend Mal.

Dunkelheit. Auf der rechten Seite der Bühne tragen zwei Gefangene eine Bahre. Ein Wachtmeister treibt sie an.

Wachtmeister: Los, bewegt euch, das Schiff geht gleich ab. *Man hört eine ferne Schiffssirene.*

1. Gefangener: Wir weinen nicht, wenn es ohne uns fährt.

2. Gefangener: Es ist der reine Hohn. Mit Ketten an den Füßen und Ketten an den Händen ... und dann mußt du noch die Bahre schleppen.

1. Gefangener: Und treiben dich noch an.

2. Gefangener: Es sieht aus, als ob es ihr besser ginge, der Armen ...

1. Gefangener: Ich weiß nicht. Sie ist schweißgebadet.

2. Gefangener: Hoffentlich ist es auf dem Schiff ruhiger.

1. Gefangener: Das Meer sieht ruhig aus.

2. Gefangener: Ein Blödsinn! Zum Gebären auf so eine Insel.

1. Gefangener: Mit nichts als lauter Ziegen.

2. Gefangener: Sag mal, was ist das überhaupt für eine? Du hast sie doch gekannt.

1. Gefangener: Die war stur. Wenn die sich was in den Kopf gesetzt hatte. Da konnten die anderen alle weglaufen, die blieb dabei. Wie ein Habicht. Kennst du das Lied?

2. Gefangener: Was für ein Habicht?

1. Gefangener: Der in dem Lied.

2. Gefangener: Was für ein Lied?

1. Gefangener: Das Lied von dem Habicht, der in einem Tal lebt, aus dem die Menschen nach und nach auswandern und die ganzen Felder verkommen und dann sterben auch noch die Tiere aus, und zum Schluß steht der Habicht völlig alleine am Himmel. Aber er will lieber sterben als auswandern. Als vor dem Krieg so viele Leute auswandern mußten, sangen es die Daheimgebliebenen. *Er beginnt zu singen. Der andere fällt ein. Gitarrenbegleitung. Dunkelheit. Als es wieder hell wird, befinden wir uns in der Schneiderwerkstatt – mehr einem Modeatelier – in dem Antonia arbeitet. Auf der Bühne Antonia und zwei Schneiderinnen. Antonia steht auf dem Tisch und fungiert als Schneiderpuppe. Sie trägt ein reichbesticktes und verziertes, bodenlanges Brautkleid und auf dem Kopf einen kunstvollen Aufbau aus Schleiern und Bändern, die ihr Gesicht zum Teil bedecken. Eine der beiden Schneiderinnen heftet und näht an dem Kleid. Die andere hält ein Buch in der Hand.*

Gesang:

Der Habicht zieht am Himmel
hoch droben seine Bahn.
Er will sein Tal nicht lassen.
Wer lieben will, muß hassen.
Packt ihn das Sterben an.

Die Welt ist rasch zuschanden,
die Dörfer sind verwaist.
Die Felder sind verdorben,
was lebte, ist gestorben.
Die Wiesen sind vereist.

Der Habicht steht am Himmel!
Er steht ganz still und starr.
Die Menschen sind gegangen.
Mit Hoffen und mit Bangen.
Wo früher Leben war.

Verstreut in alle Winde
Amerika dein Brot.
Wo all die feinen Herren

Dich für sich schaffen lassen.
Das ist dein früher Tod.

Der Habicht ist geblieben!
Er hat nicht wollen gehn.
Du mußt ihn wohl erschießen.
Du mußt ihn noch aufspießen.
Sonst bleibt er einfach stehn.
Sonst bleibt er einfach stehn.

Antonia: So! Genug gesungen. Hör mich weiter ab.

1. Schneiderin *hebt das Buch und schaut hinein:* Was bedeutet „Nichteinmischung"

Antonia: Es bedeutet: Kümmer dich um deinen eigenen Dreck, komm nicht hierher und spiel den Kiebitz ... richtig?

1. Schneiderin: Mehr oder weniger. Und „intransigent"?

Antonia: Intransigent heißt – einer, der keine Herren über sich will und keine Knechte unter sich. Alles oder nichts, keine Zugeständnisse. *Zur 2. Schneiderin* Nein, nein, hier muß es viel reicher wirken ... zupf ein bißchen raus.

2. Schneiderin: Das ist Brüsseler Spitze ... Weißt du, was die kostet den Meter?

Antonia: Kann dir doch egal sein. Wenn ich will, daß da mehr Spitze ist?

2. Schneiderin: Aber die Chefin muß es auch wollen, nicht du.

Antonia: Mir muß es gefallen, weil die Chefin hat mir nämlich gestattet, das Kleid für ein paar Stunden mitzunehmen ... genauso lang wie meine Hochzeit dauert.

2. Schneiderin: Du willst in dieser Robe aufs Rathaus, mit all den Spitzen und Rüschen, als wärst du die Königin Margherita?!

Antonia: Und was ist da dran besonderes?

2. Schneiderin: Ich mach mir in die Hose vor Lachen ... Stell dir vor: Sie kommt mit der langen Schleppe in die Kirche, von zwei kleinen Mädchen gefolgt, die sie ihr tragen ... und dahinter gehen die bolschewistischen Freunde deines Mannes, alle mit einem knallroten Halstuch und singen *singt* „Avanti popolo ..." Aber der große Clou kommt: Hinterher steigen alle

auf ihre Fahrräder, auch dein Mann und du hinten auf dem Gepäckträger ... und statt Zuckermandeln bewerfen sie euch mit Wachtelbohnen ... ist auch billiger.

Antonia *lacht verlegen:* Sehr witzig ... komm frag mich weiter.

1. Schneiderin: Was versteht man unter „Determinismus"?

Antonia: Weiß ich nicht, interessiert mich auch nicht. *Zur 2. Schneiderin* Wie kommst du überhaupt da drauf, daß wir nur im Rathaus heiraten und nicht auch in der Kirche? Da ist das letzte Wort noch nicht gesprochen. Ich sag dir: Noch hat er mich nicht überzeugt!

2. Schneiderin: Aber ein Kind hat er dir schon gemacht. Du diskutierst und läßt dich überzeugen ... und dein Bauch wird immer dicker ... aus dem Bauch wird ein Dickbauch, das Kind wird größer ... Ich möchte dich erleben, im weißen Kleid der unberührten Jungfrau: reinste Lilie. Seit sechs Monaten schwanger ... schwarze Rose ... jemand hat mich im Schlaf vergewaltigt.

Antonia: Hör auf, mit dem blöden Gewäsch ... komm frag mich ab.

1. Schneiderin: Was heißt „irreversibel"?

Antonia: Es heißt, daß du soviele Purzelbäume schlagen kannst, wie du willst ... Du kannst nichts ausrichten ... die Dinge gehen ihren Weg und du kannst sie nicht zurückdrehen.

1. Schneiderin: Brav! Und wer sagt: „Die Revolution ist ein irreversibler Prozeß der Geschichte"?

Antonia: Die Radikalsozialisten.

1. Schneiderin: Genau. Und was sagen die Radikalsozialisten außerdem?

Antonia: Da die Revolution ein irreversibler Prozeß der Geschichte ist, sei es unnötig sich aufzuregen und Druck auszuüben oder die Massen zum Aufruhr anzuzetteln ... wie das die extremen Linken machen ... oder noch schlimmer bestimmte Grüppchen hier in Turin, die andauernd bei den Arbeitern am Rockzipfel hängen und versuchen, sie zu lieben, aber nur ideologisch ... da staunt ihr, was?

1. Schneiderin: Ja, ja, und weiter?

Antonia: Also: im Grunde behaupten die Radikalsozialisten, daß es unnötig wäre, sich zu den Massen zu begeben ... mit den Massen meinen sie Volk ... mach hier mal zwei Stecknadeln hin ... und denk an den Besatz ... weil es ausreichen würde, sagen die Radikalsozialisten ... so mit den Massen in Kontakt zu stehen, daß dann, wenn die Revolution entsteht, ganz von alleine, aufgrund einer spontanen Erhebung ... Himmel, bin ich gut ... setzen sie sich an die Spitze des revoltierenden Proletariats ... und führen es direkt in den Sieg. „Wir helfen dem Küken aus dem Ei zu schlüpfen", sagt ein gewisser Bombacci, einer der Führer der Radikalsozialisten. „Wir helfen dem Proletariat, die Schale zu zerbrechen, die es gefangen hält".

1. Schneiderin: Und was hat Lenin geantwortet?

Antonia: Lenin hat gesagt, „da sie das Ei des Proletariats nie ausgebrütet haben ... kann man sich ausmalen, wie vertrackt es für die Radikalsozialisten sein muß, dieses Hühnchen zur Welt zu bringen ... und in der Aufregung, die Schale aufzubrechen, werden sie deshalb auch das Küken umbringen!"

1. Schneiderin: Bravo! Großartig!

2. Schneiderin: Wieso großartig? Für mich ist sie verrückt. Was lernst du diesen ganzen Wahnsinn ...

Antonia: Für dich ist es Wahnsinn ... weil du die Mentalität einer Hausfrau hast, Küche, Kirche, Beine breitmachen und Kinderkriegen ... Ich will meinen Saxofon nicht nur heiraten, sondern auch mit ihm zusammenleben, aber nicht wie du denkst. Schön aber blöd auf dem Sofa wie ein Häkeldeckchen ... hübsch still wenn die Männer über Politik sprechen, davon verstehst du nichts, du darfst ja noch nicht einmal wählen. „Was gibts heute zu essen, Schatz?" – „Schau mal wie dem Kind die Nase läuft, hast du denn kein Taschentuch, du mußt ihm regelmäßig den Arsch abwischen, dann schreit es auch nicht so ... dieses Geplärr geht mir auf die Nerven ... kannst du das Kind nicht beruhigen? ... nein keinen Kaffee, ich geh noch in den Club. Du brauchst nicht aufzubleiben, es kann spät werden, heut Nacht." Nein, meine Liebe. Ich will alles verstehen, was er mit seinen Genossen bespricht. Ich will zuhören können und meine Meinung sagen.

1. Schneiderin: Uns brauchst du nicht zu überzeugen. Wir sind schon katholisch. Stimmt's?

2. Schneiderin: Ich interessier mich für was Interessanteres ... nicht für Politik ... das ist ein solcher Schwachsinn ... Wie diese Politiker untereinander reden, vor allem die Sozialisten ... diese Führer der Arbeiterbewegung, die fast alles Doktoren sind, Rechtsanwälte, mindestens Studienräte, wenn sie zu tönen anfangen, daß man einen feuchten Käse versteht!

Antonia: Da hast du Recht. Sie sagen nicht etwa, die Partei ist in zwei Teile gespalten. Nein, sie sagen: Die Partei leidet unter einer Dichotomie. Sie sagen auch nicht, das ist aber etwas übertrieben. Sie sagen: maskrospopisch. Wenn etwas innen drin ist, sagen sie: intern. Wenn es draußen ist: extern. Bezugnehmend auf, strukturell, antagonistisch, gemäß, nach Absprache mit, in objektiver Hinsicht, kalter Kaffee, Bock, Hammel, Wildsau, Wanze, Sabbersack, leck mich am Arsch.

2. Schneiderin: Ihr redet bald, wie ihr denkt. Wie aus der Pistole geschossen!

Antonia: Mach ihnen das mal klar, diesen Fanatikern! Als ich das meinem Norberto gesagt habe, hätte er mir fast eine Ohrfeige gegeben! Du hättest ihn hören sollen: „Die idiotische Vorstellung, man kann mit den Arbeitern nur auf ihrer sprachlichen Kommunikationsebene reden, entspricht der Mentalität eines Populisten!"

1. Schneiderin: Was sind Populisten?

Antonia: Das erklär ich dir später!

1. Schneiderin: Nein, jetzt.

Antonia: Die Populisten sind diejenigen, die sagen, das Volk hat immer Recht, für sie kommt das Volk gleich nach dem Essen und Trinken, alles was das Volk tut, ist wohlgetan, wunderbar, vortrefflich ... sogar die Scheiße. Sie sammeln sie, heben sie auf, legen sie unter einen Glasdeckel und beten sie an!

1. Schneiderin: Sag bloß?! Die Scheiße beten sie an?

2. Schneiderin: Sowas gibts, das ist krankhaft. Ich kann-

te einen Grafen, der ließ sich von seinem Kammerdiener vollpinkeln.

Antonia: Was hat das mit Populisten zu tun?! Das war ein Perverser!

2. Schneiderin: So, und die andern, die die Scheiße hinter Glas bewundern, was sind die? Durchgeistigt?

1. Schneiderin: Laß sie endlich weitererzählen ... wie war das mit deinem Norberto?

Antonia: Er meint: „Der Arbeiter muß unterrichtet werden, damit er die richtigen Wörter gebrauchen lernt. Er muß sogar noch mehr wissen, als der Bürger, wenn er ihn besiegen will."

1. Schneiderin: Da hat er Recht.

Antonia: Er glaubt fest an die Bedeutung der Kultur, weil er hat nur die sechste Klasse gemacht. Aber er hat dauernd studiert, die ganzen Jahre, Tag und Nacht, im Gefängnis ... er ist Autodidakt ... schönes Wort, nicht? Ich habs gestern abend gelernt, aber ich habs sofort angewandt!

1. Schneiderin: Er wirkt nicht wie ein Arbeiter.

2. Schneiderin: Gut, aber diese schwierigen Ausdrücke, diese gewundene Redeweise, ist was für reiche Leute. Wir sind doch keine Papageien.

Antonia: Schon, aber Norberto sagt, die Reichen, die Unternehmer, hätten diese schwierige Redeweise extra erfunden, damit das Volk sie nicht verstehen kann ... um es sich vom Hals zu halten und besser ausbeuten zu können. Stattdessen müßten wir den Spieß rumdrehen. Raus aus den Exkrementen, in denen wir drinbleiben sollen!

1. Schneiderin: Was sind Exkremente?

Antonia: Das Zeugs, das Populisten unter Glas aufbewahren. *Ein Schneider betritt die Werkstatt – Weste, Kittel, Metermaß um den Hals, das er sich von Zeit zu Zeit über den Rücken wirft, als wäre es ein langes Shawltuch. Vor dem Bauch hat er ein Nadelkissen und eine Stofftasche. Er wirkt verweichlicht, tuntig.*

Schneider: Ja Kinder, seid ihr taub?! Hört ihr nicht, was vorgeht? *Von draußen ist das lauter werdende Geschrei einer großen Menschenmenge zu hören.*

Antonia: Tatsächlich! Was ist das für ein Krach?

Schneider: Ein gewaltiger Demonstrationszug! Fantastisch!

Antonia: Eine Demonstration? Hier auf dem Platz? Das muß ich sehen. Laßt mich runter.

2. Schneiderin: Bist du verrückt? Bleib, wo du bist, sonst bringst du das ganze Kleid durcheinander ... es ist nur geheftet.

1. Schneiderin *schaut ins Publikum und tut so, als sähe sie aus dem Fenster:* Du brauchst sowieso nicht zu kommen. Man sieht noch nichts.

2. Schneiderin *ebenfalls an der Rampe:* Man sieht nichts? Von wegen. Da schau, wie sie kommen, die Via Carlo Alberto runter. Oh, so viele Fahnen. Und alle in den Nationalfarben.

1. Schneiderin: Weißt du, was das für eine Demonstration ist?

Schneider: Wegen des Eintritts Italiens in den Krieg! Nicht? Interventisten!

1. Schneiderin: In den Krieg? Gegen wen?

Schneider: Ich glaube gegen Österreich. Wegen der unbefreiten Gebiete. *Er beugt sich vor.* Es lebe Trient und das italienische Triest!

Antonia: Das kann nicht sein, daß es gegen Österreich geht. Wir haben doch einen Dreierpakt unterzeichnet mit Österreich und Deutschland ... wir sind Verbündete!

Schneider: Ach so? Dann geht es wahrscheinlich gegen Frankreich und England, die ebenfalls Ländereien von uns besetzt halten. Es lebe Malta, Nizza und das italienische Korsika!

Antonia: Haben wir ein Glück, daß wir so viele unbefreite Gebiete besitzen, die wir befreien können. Da können wir wählen ...

Schneider: Worauf es ankommt, ist der Eintritt in den Krieg.

Antonia Natürlich. Gegen wen ist egal.

Schneider: Wir Italiener können nicht passiv bleiben und abseits stehen, während andere, höher entwickelte Nationen einander umbringen. Es ist eine Frage der Würde. Uns aus dem Krieg herauszuhalten, sagt Pietro Nenni, wohlgemerkt, der ein Sozialist und Revolutionär ist, wäre eine beschämende Bekundung moralischer und bürgerlicher Impotenz, die uns für immer vor den Augen der Geschichte abstempeln würde.

Antonia: Versteht sich, wir können uns nicht von der Geschichte abstempeln lassen.

Schneider: Irre ich mich, oder ist deine Rede doppeldeutig? Gib acht, sonst sag ichs der Chefin, daß du keinen Respekt zeigst gegenüber einem Chef-Schneider.

2. Schneiderin: Da schaut mal! Schaut mal! Von da kommt noch ein Demonstrationszug!

1. Schneiderin Aber die haben rote Fahnen ...

2. Schneiderin Sie rufen „Nieder mit dem Krieg". *Der Krach draußen nimmt zu.*

Antonia: Dann sinds die Sozialisten.

Schneider: Das sind keine wahren Sozialisten! Das sind Vaterlandsverräter! Nur diejenigen, die denken wie Pietro Nenni, sind die wahren Sozialisten, die Demokratischen, auch wenn Nenni Republikaner ist.

2. Schneiderin: Das sind jedenfalls vorwiegend Arbeiter, das sieht man schon ...

1. Schneiderin: Sag mal, Antonia, was bedeutet „Wir haben den Kongreß von Basel nicht vergessen"?

Antonia: Woher hast du das?

1. Schneiderin: Da unten, auf einem Spruchband ... ein riesiges Spruchband, kannst dus sehn?

Antonia: Ach so, das. Das ist wegen der Erklärung, die vor ein paar Jahren die Vertreter aller sozialistischen Parteien in Basel unterzeichnet haben.

2. Schneiderin: Was für eine Erklärung?

Antonia: Habt ihr ein Glück, daß ihr mich habt und ich alles auswendig kann! „Proletarier aller Länder, vereinigt euch gegen jeglichen Krieg! In der Welt des Kapitals gibt es keine patriotischen, sondern nur noch imperialistische Kriege, die sich gegen uns richten. Proletarier, widersetzt euch euren bürgerlichen Regierungen mit allen Mitteln. Die Kriege sind der legalisierte Massenmord, dessen Bürgertum und Kapital sich bedienen, um ihre Profite ins Unermeßliche zu vergrößern. Und zwar auf Kosten und mit dem Blut der Proletarier, die mit dem Ruf ‚Vaterland' dazu getrieben werden, sich gegenseitig die Kehle durchzuschneiden, als ihre eigenen Metzger!"

2. Schneiderin: Je! Ist das gut! Da läuft einem ein kalter Schauer den Rücken runter.

Antonia: Mir läuft ein kalter Schauer den Rücken runter, wenn ich dran denke, daß sich die meisten noch keine zwei Jahre nach diesem Kongreß mit diesem Papier nur noch die Nase putzen, oder sonstwas ...

1. Schneiderin: Wieso?

Antonia: Weil sowohl die deutschen als auch die französischen Sozialdemokraten für die Kriegskredite gestimmt haben.

2. Schneiderin: Diese Schweine.

Schneider *schaut immer noch aufmerksam ins Publikum:* Kinder, Kinder! Schaut einmal, was passiert ...

Antonia: Was?

Schneider: Die Interventisten und die Arbeiter gehn aufeinander los!

Antonia: Porca madonna! Die geben sichs.

Schneider: Immer drauf! Es lebe der Krieg! Es lebe der Tod! Schlagt sie kaputt diese bolschewistischen Schweine!

Antonia: Das Schwein bist du, du grün-weiß-rote Tunte!

Schneider: Ich sage dir ...

Antonia: Gar nichts! Du kannst dem Himmel danken, daß ich hier feststehe wie die Siegessäule, sonst käme ich runter und träte dir in den Arsch!

2. Schneiderin: Hilfe, die bringen sich noch um! Warum kommt keine Polizei?

Schneider: Da! Da kommen sie schon! Die Carabinieri! Die werden die Streithähne schon beruhigen, alle miteinander.

2. Schneiderin: Jetzt schau einmal, sie gehen nur auf die Roten los, mit dem Säbel!

Schneider: O, köstlich! Es leben die berittenen Carabinieri des Königs!

Antonia: Hört sie euch an, diese hohlärschige Hofschranze!

Schneider: Jetzt reichts aber! Ich verbiete dir ...

Chor: Ich werde mich bei der Chefin beschweren!

Schneider rauscht ab. Man hört Schüsse von draußen.

2. Schneiderin: Diese verdammten Schweine! Sie schießen! Die Carabinieri schießen auf die Arbeiter!

Antonia: Dies verdammte Polypenpack! Nur gut, daß mein Norberto nicht dabei ist.

1. Schneiderin: Bist du sicher?

Antonia: Natürlich! Er hat geschworen, sich nicht mehr in solche Sachen einzumischen! Und außerdem, er ist noch keine vier Monate aus dem Gefängnis!

2. Schneiderin. Grad lange genug, um dich schwanger zu machen.

Antonia: Der wird grad so blöd sein auf die Straße zu gehn und sich schnappen zu lassen ... eben jetzt, wo wir heiraten müssen!

2. Schneiderin: Vielleicht hat er sichs anders überlegt. Du weißt, manchmal kriegt einer Heimweh, wenn er schon so oft im Knast war!

Antonia *lachend:* Du spinnst ja! *Norberto, das Saxofon, betritt keuchend die Bühne und schließt rasch die Tür hinter sich. Er lehnt sich gegen die rückwärtige Tür.*

Saxofon: Das ist noch mal gutgegangen! Guten Tag allerseits ... und verzeiht ...

2. Schneiderin: Ciao ... he, Antonia: dein Saxofon ist da.

Antonia *kann sich nicht bewegen und dreht deshalb mühsam nur den Kopf nach hinten:* Norberto, mein Gott! Was machst du hier? Mach dich gleich wieder weg! Du weißt, daß die Chefin ...

Saxofon: Ich kann nicht. Sie suchen mich. Die Carabinieri sind hinter mir her ... bis in den Hausflur ...

Antonia: Bist du etwa auch auf dem Platz unten gewesen? Du Arsch du ...

Saxofon: Aber nein, ich kam zufällig vorbei. Ich schwöre es.

Antonia: Lüg nicht! Schließ lieber ab und versteck dich hinter dem Paravent ... ihr zwei! Helft ihm, sich zu verstecken!

2. Schneiderin: Ja, komm ... wir verstecken dich in die Kleiderkiste. Was ist das denn? Blutest du?

Antonia. Blut!?

Saxofon: Sie haben mich erwischt, diese Hunde!

Antonia. Oh, mein Gott! Sie haben ihn umgebracht! Schnell, helft mir runter! Wo haben sie dich erwischt?

2. Schneiderin: Beruhige dich ... es ist bestimmt nichts Schlimmes!

Antonia: Norberto, wo bist du verletzt?
Saxofon: Im Gesäß.
Antonia: Im Gesäß? Wie meinst du, im Gesäß?
Saxofon. Bitte, verlang keine schmutzigen Ausdrücke von mir! Sie haben mir in die rechte Kehrseite geschossen und zur linken Kehrseite wieder heraus.
Antonia: Oh du mein Gott, jetzt hast du zwei Löcher.
Saxofon: Drei sogar, aber zwei davon sind neu.
1. Schneiderin: Was stehst du noch rum. Wir müssen uns drum kümmern.
Antonia: Ja, ja. Ich komm runter. Kommt, helft mir.
2. Schneiderin: Aber nicht doch, wir kümmern uns schon. Ich bin ausgebildete Krankenschwester, ich versteh was davon. Als erstes müssen wir ihm die Hosen ausziehn.
Antonia: Natürlich, sonst hast du nichts im Kopf.
2. Schneiderin: Also sag mal ...
Antonia: Hör auf, ich kenn dich doch ... unter dem Vorwand der barmherzigen Samariterin ...
2. Schneiderin: Natürlich, ich bin schon ganz wild, einen nackten Männerpo zu sehen ... noch dazu einen durchlöcherten.
Antonia: Pah! Für eine, die sonst nie was zu sehen kriegt ... besser als gar nichts.
Saxofon: Antonia, bitte, Schluß mit dem Blödsinn ... helft mir, ich schaffs nicht alleine.
1. Schneiderin: Vorsicht, der Stoff ist an der Verletzung angeklebt.
Antonia: Oh, jemineh ... und ich muß hier rumstehn als lebende Schneiderpuppe, bloß weil die Chefin zu knauserig ist, eine Puppe Größe 12 zu kaufen.
2. Schneiderin: Lauf und hol eine große Wasserschüssel und mach Borwasser rein ... es ist alles im großen Zimmer, rasch. *1. Schneiderin ab.*
2. Schneiderin: Und bring Binden mit!
Antonia: Ich hoffe nur, daß die Chefin nicht kommt, ausgerechnet jetzt. *Zur Schneiderin, die mit Norberto hinter dem Paravent steckt.* Was machst du?
2. Schneiderin: Ich zieh ihm die Unterhosen aus.
Antonia: Wenn du das machst, bring ich dich um.
2. Schneiderin: Ich kann ihn doch nicht in Unterhosen verarzten.

Antonia: Natürlich, das kann sie nicht, unsere arme kleine Rotekreuzschwester!

Saxofon: Hör endlich auf, Antonia! Verstehst du nicht, daß es ernst ist?

Antonia: Gewiß doch, eine Verletzung am Arsch. Das ist ernst, wenn nicht heldenhaft! Der Arsch ist die Achillesferse der Staatsfeinde! *Die kleine Schneiderin kommt mit der Wasserschüssel.*

1. Schneiderin: Hier kommt das Borwasser!

Antonia: Schau, wie sie rennt, die Kleine ... um ja nichts zu verpassen.

2. Schneiderin: Stell sie hin, die Schüssel und hilf mir ... nun mach schon ... es ist alles verklebt ... runter, vorsichtig, runterziehn ...

Antonia: Schaut wenigstens weg dabei und schämt euch!

2. Schneiderin: So besonders ist das gar nicht!

Antonia: Da siehst du, sie ist eine Dame von Welt, die sich auskennt und schon viele Männer von hinten gesehen hat.

2. Schneiderin: Ich meine die Verletzung! Vorsichtig runterziehen! Der Schuß ist nicht tief gegangen ... nur zwei, drei Zentimeter. Aber ein ganz schönes Loch haben sie dir trotzdem verpaßt.

Antonia: Hört ihr endlich auf die Löcher in seinem Hintern zu bewundern?! Verbindet ihn und basta!

2. Schneiderin: Dann gib mal die Schüssel ... nur Mut.

Saxofon: In die Waschschüssel setzen?

2. Schneiderin: Damit die Wunde sauber wird, durch das Borwasser ... in einer halben Stunde wirst du verbunden.

Antonia: Aber wir können ihn unmöglich eine halbe Stunde lang hierbehalten und sein Gesäß baden. Paß auf, gleich kommt der Alte zurück, dann sind wir erledigt. Der läuft sofort zur Chefin und behauptet, hier wäre ein Terrorist.

2. Schneiderin: Wir könnten ihn verkleiden!

Antonia: Als was, als Frau?

Saxofon: Bitte nicht!

2. Schneiderin Aber doch als Kundin ... das ist die einzige Möglichkeit ... als Witwe, das hier ist genau richtig. *Sie nimmt ein Kleid und zieht es ihm über den Kopf.*

Saxofon: Jetzt kommt auch noch die Verkleidungsszene ...

Antonia: Mamma mia ... ist das eindrucksvoll ... ausgerechnet als Witwe ... wie soll ich dich jemals wieder küssen!

2. Schneiderin: Sieht nicht einmal übel aus: du wärst wirklich eine hübsche Witwe. Jetzt den Hut mit Schleifen und Schleier ... da! Ausgezeichnet! Stell die Schüssel auf den Schemel da ... bring ihn ruhig hier mitten ins Zimmer. Und du heb den Rock hoch und setz ihn drauf. Dann machst du die Kleider schön runter, daß niemand was sieht von der Schüssel.

Saxofon: Himmel, ist das heiß! Das kocht ja!

Antonia: Still, der Alte kommt!

Schneider *schon im Auftreten:* Wißt ihr, wer da war, Kinder? Die Polizei, vorne im Salon. Sie suchen einen Terroristen. *Er bemerkt die Witwe.* Guten Tag, Madame! *Zu einer der Schneiderinnen* Wer ist das? Eine Kundin? *Die Schneiderinnen arbeiten wieder an dem Brautkleid.*

1. Schneiderin: Eine Schwester der Braut. Die, die das Kleid bezahlen muß. Sie muß sagen, obs gut wird.

Schneider: O gnä' Frau, gefällt es Ihnen? Ist das ein Gedicht?

Antonia: Sie darf nicht sprechen. Sie ist in strenger Trauer.

Schneider: Ach so? *Geht zur Rampe.* Habt ihr gesehn, wie die Polizei aufgeräumt hat, in welcher Geschwindigkeit? Ha! Die Portiersfrau sagt, daß es sogar Tote gegeben hätte. Und viele verletzt! Einen hätten sie direkt ins Gesäß erwischt, sagt sie ... mit einer Kugel ... zisch! Ist das nicht ulkig?

Antonia: Du bist bloß neidisch!

1. Schneiderin *schaut jetzt ebenfalls aus dem imaginären Fenster:* Jetzt kommen sie wieder zurück!

Saxofon: Wer? Die Carabinieri?

2. Schneiderin: Nein, die Arbeiter. Da schaut mal. Sie kommen von allen Seiten und baun Barrikaden ... in der Via Roma ... und den anderen Straßen, die auf den Platz führen.

Saxofon: Das muß ich sehn!

2. Schneiderin: Aber nein, Madame, bleiben Sie sitzen.

Sie könnten sich weh tun.
Saxofon: Nein, ich muß schauen! Verdammt, ich sitz fest in der Schüssel!
Schneider: Sie sitzt fest in einer Schüssel?
Antonia: Das ist so eine Redensart bei den Witwen!
Saxofon: Erzählt mir wenigstens, was passiert!
2. Schneiderin: Sie reißen das Pflaster auf und stapeln die Steine hinter den Barrikaden!
1. Schneiderin: Mamma mia, sind das viele. Es sind zehnmal soviele Leute als vorhin!
2. Schneiderin: Schau mal, da sind welche, die spannen Seile über die Straßen vor den Barrikaden. Was soll das?
Saxofon: Wartet's ab, bis die Carabinieri kommen, dann seht ihr's ... kommen sie schon?
1. Schneiderin: Die Carabinieri? Noch nicht!
2. Schneiderin: Da drüben sind welche auf die Dächer gestiegen!
1. Schneiderin: Da auch ... sie machen die Dachziegel los.
Schneider: Was soll das schon wieder?
Saxofon: Das ist die Rache für den armen Kerl, dem sie den Arsch durchlöchert haben, als wärs ein Straßenbahnfahrschein.
Schneider: Verzeihung, Madame, Sie stehen nicht zufällig auf Seiten der Aufrührer, dieser Radikalsozialisten?
Saxofon: Wieso? Was haben Sie gegen die Radikalsozialisten? Gerade heute haben die Radikalsozialisten, um nur ein Beispiel zu nennen, dafür gesorgt, daß der Generalstreik gegen den Krieg im ganzen Land zusammengebrochen ist. Und die nennen sie schlechte Patrioten?
Schneider: Nein, gewiß nicht. Ich wußte nicht ...
Saxofon: So. Sie wußten es nicht. Die Parteiführer sind keine Aufrührer. Die Aufrührer sind die Wirrköpfe, die die Barrikaden bauen und sich sogar über die Anweisungen ihrer eigenen Parteiführer hinwegsetzen.
Schneider: Weisungen?
Saxofon: Die Weisung bezüglich der Haltung, die die Sozialisten hinsichtlich des Krieges einzunehmen haben.

Schneider: Und das wäre?

Saxofon: Passen Sie gut auf: Es ist hinreißend: „Nicht beteiligen und nicht sabotieren!" Mit dürren Worten sagt die sozialistische Parteiführung: „Liebe Proletarier, wenn Vater Staat euch zu den Waffen ruft, geht diszipliniert an die Front, wehrt euch nicht, desertiert nicht, das wäre Sabotage ... schießt ruhig auf die Proletarier auf der anderen Seite, erschießt sie, bevor sie euch erschießen. Alles andere wäre Idiotie und Selbstmord. Legt soviel um wie möglich. Schneidet ihnen die Kehle durch, mäht sie mit dem Maschinengewehr nieder. Aber das alles tut mit Distanz ... macht nicht mit ... ohne Beteiligung ... keine große Begeisterung ... damit die Offiziere und Kapitalisten klar begreifen, daß das Proletariat am Völkermord teilnimmt, aber damit nicht einverstanden ist! Nicht im geringsten!

2. Schneiderin: Genau, was ich eben gesagt hab: Wie rettet man eine Partei der Arbeiter, deren Anführer fast alle aus dem Bürgertum stammen? Rechtsanwälte, Doktoren. Bei solchen Parteiführern sind es immer die Sozialdemokraten, die das Proletariat verraten. Das reimt sich sogar.

Saxofon: Wir wollen nicht übertreiben. Es gibt Ausnahmen. Serrati, ein Parteiführer, ist erst gestern an der Spitze der Arbeiter auf die Straße gegangen. Und als die Polizei losgehaun hat, um die Interventisten zu unterstützen, mit diesem Bastard Mussolini vorneweg ...

Antonia: Wenn ich dran denke, wie ich den 1911 angezeigt habe, damals mit dem gesalzenen Wasser, ich könnte mir heut noch Pipi in die Hose machen vor Freude ...

Schneider: Unterbrich sie nicht mit deiner Pipi. Was ist mit diesem Serrati?

Saxofon. Als die Polizei angriff, ist er nicht etwa abgehaun, sondern bei den Arbeitern geblieben und hat sich mitgeprügelt ... und sogar verhaften lassen!

Schneider: Wo wir grad von Pipi sprechen. Was ist das für ein Wasser um die Witwe?

2. Schneiderin: Wasser? Nicht, daß ich wüßte. Tatsächlich!

Antonia *zum Schneider:* Laß dir nichts anmerken. Das ist normal bei den Witwen.

Saxofon: Mist! Die Schüssel ist undicht?

Schneider: Ach wirklich?

Antonia: Ja, der Schmerz ... sie verlieren die Kontrolle. Eine Umkehrung des Metabolismus – wissenschaftlich ausgedrückt – wenn sie weinen müssen, vergießen sie keine Tränen ... sie machen Pipi ...

Schneider: Die Ärmsten ... das wußt ich nicht. Aber so viel?

Antonia: Lenk sie ab ... bring sie zum Reden und laß dir nichts anmerken ... sonst wird sie noch trauriger und muß weinen und zum Schluß haben wir eine Überschwemmung.

Schneider: Ja. Also, wie es auch sei, wir müssen dem Himmel dankbar sein, daß die sozialdemokratische Partei solche Führer hat, von diesem Serrati mal abgesehn ... Stellt euch vor, die Arbeiter dürften sich ihre eigenen Parteiführer wählen, so von unten, ganz unabhängig. Unser Italien schaffte es nie, in den Krieg einzutreten. Wer weiß, was die anstellen würden: Man braucht nur aus dem Fenster zu schaun. Seht an, was sie machen. Das Volk ist dumm und gewalttätig und richtet sich stets gegen die Institutionen und die verfassungsmäßige Ordnung!

Saxofon *über die Schulter zu einer der Schneiderinnen:* Die Schüssel ist leer. Kein Tropfen Borwasser mehr drin.

2. Schneiderin: Ich hol neues.

Saxofon: Verständlich, daß dem Arbeiter das Vaterland egal ist ... *Die eine Schneiderin verstreut Sägemehl um die Witwe, die andere geht Wasser holen.* Sie begreifen seinen Sinn nicht ... gehn Sie zu einem Landarbeiter und sagen zu ihm: „Das Vaterland ist dein Land, das du mit deinem Blut verteidigen mußt“ – „Mein Land?“, wird er antworten. „Wo habe ich Land? Das Land, auf dem ich arbeite, gehört dem Gutsbesitzer ... soll er es mit seinem Blut verteidigen, nicht mit meinem!“

Schneider: Mein Gott, man kann Vaterland doch nicht mit Land gleichsetzen! *Die Schneiderin kommt mit einer dampfenden Wasserkanne und einem Stück*

Gummischlauch. Der Schlauch wird unterm Kleid der Witwe entlanggeführt bis in die Waschschüssel. Das andere Schlauchende wird unter das Brautkleid gesteckt und hochgeschoben, bis es oben zum Dekollete herausschaut. Das alles äußerst vorsichtig, so daß der Chefschneider nichts bemerkt. Zum Schluß wird in das Schlauchende in Antonias Busen ein Trichter gesteckt. Die zweite Schneiderin steigt auf einen Schemel und beginnt, das Borwasser in den Trichter zu gießen.

Schneider: Ich will Ihnen etwas erzählen, wegen unseres Eintritts in den Krieg, was mich buchstäblich erschüttert hat. Ich habe es zufällig vor fünf Minuten erfahren, als ich vorne im Atelier war. Unsere Chefin hatte Gesellschaft und bemerkte mich nicht ... und ich hab mich hinter den Kleiderständern versteckt. Aber zuvor müssen Sie mir schwören, mit niemand zu sprechen. Die Sache ist äußerst delikat. Wenn das bekannt wird ... das wäre das Ende. Das sagte sogar der General. *Die Schneiderin gießt Wasser in den Trichter.*

Saxofon: Welcher General?

Schneider: General Ramponi.

2. Schneiderin: Kommts?

Saxofon: Was, Ramponi? Der ehemalige Kriegsminister?

Schneider: Genau der. Er ist ein Freund unserer Chefin.

Saxofon *verzieht das Gesicht vor Schmerzen, da das Wasser zu heiß ist. Stöhnt:* Nein ... *stöhnt* ... das ist zuviel ... *stöhnt*

Schneider: Die arme Frau ... muß sie sehr leiden? Was hat sie?

Antonia: Erinnerungen! Ihr Mann war General!

Schneider: Verzeihung, Madame! Das wußte ich nicht.

Saxofon: Nein ... nein ... reden Sie weiter ... was sagte der General Ihrer Chefin? Es interessiert mich ... *stöhnt* ... sehr ... *stöhnt.*

Schneider: Der Herr General sagte ... schwören Sie, es nicht weiterzusagen?

Chor: Wir schwören es.

Schneider: Der General sagte, daß die österreichische Regierung uns erst gestern mitgeteilt habe, wenn Italien nicht gegen sie in den Krieg eintrete, geben sie uns auf der Stelle alles, was wir verlangen: Trient, Görtz und das gesamte Oberetschland.

Saxofon: Und Triest?

Schneider: Triest erklären sie zum Freihafen.

Saxofon: Und es genügt, daß wir neutral bleiben?

Schneider: Genau. Die gnädige Frau wollte es natürlich nicht glauben:„Ach was, das sind Gerüchte ... " Aber da zog der Herr General ein Telegramm heraus, vom Ministerpräsidenten persönlich, in dem er ihn um Rat fragt. *Die Schneiderin hat wieder eine Ladung heißes Wasser durch den Schlauch geschickt, das soeben in der Schüssel ankommt.*

Saxofon *stöhnt und jammert:* Und was ... *stöhnt* ... stand in dem Telegramm ... hat ers vorgelesen ...

Schneider: Natürlich ... es war zwar verschlüsselt, aber er hats übersetzt.

Saxofon: Nun red schon.

Schneider: Es lautete etwa folgendermaßen: „Lieber General, ich teile Ihnen mit ... etc., etc. ... den ersten Teil des Telegramms hab ich Ihnen schon erzählt. Weiter hieß es: Leider haben bereits zahlreiche österreichische und auch einige deutsch-schweizerische Zeitungen den vollständigen Text des österreichischen Vorschlags publiziert. Ich fürchte deshalb, daß die Nachricht auch nach Italien gelangt. Sorgen Sie deshalb mit allen Ihnen zur Verfügung stehenden Mitteln dafür, daß ... daß die Nachricht in keiner Zeitung erscheint, vor allem nicht in der Zeitung der Sozialisten, die leider, als eine der ersten, von der Depesche Kenntnis bekommen haben!

Saxofon: Eine irrsinnige Sauerei ist das, ein Wahnsinn! Haben Sie die Geschichte auch nicht erfunden?

Schneider: Ich schwöre Ihnen beim Grab meiner Mutter ... ich will hier auf der Stelle tot umfallen ... das ganze Haus soll mir auf den Kopf fallen ... ich will auf beiden Augen blind werden ... ich habs selber gehört, mit eigenen Ohren!

Antonia: Gut, gut, wir glauben dir!

Schneider: Außerdem habe ich eine Zeitung mitgehen lassen, da steht alles drin, allerdings auf deutsch, das ich nicht verstehe. Nehmen Sie. Lesen Sie es.

Antonia: Es ist tatsächlich zum Kotzen! Verstehst du

das? Die sozialistischen Abgeordneten wissen alles. Aber alle schweigen. Und diese armen Einfaltspinsel da draußen bauen Barrikaden ... riskieren, umgebracht zu werden ... *Sie brüllt in den Zuschauerraum* He, Leute, Genossen! Geht nach Haus, man hat Euch beschissen! Sie hören mich nicht. *Zu den Mädchen* Himmelherrgott! Was geht mich dieses Kleid an, ich reiß es in Fetzen! Laßt mich hier runter!

2. Schneiderin: Langsam, langsam! Erst muß ich den Schlauch rausziehn! *Sie helfen ihr, sich von den verschiedenen Stoffbahnen und Tüchern zu befreien, und lassen sie herabsteigen.*

Schneider: Ihr habt ihr einen Schlauch ins Kleid gesteckt? Wieso das?

2. Schneiderin: Ach das? Befehl der Witwe! Deshalb ist sie hergekommen. Sie will, daß wir den Schlauch innen festnähen ... spiralförmig.

Schneider: Und warum?

2. Schneiderin: Für die Zentralheizung ... der letzte Schrei. Nur was für Reiche.

Saxofon *stößt schon die ganze Zeit dumpfe Flüche aus:* Diese Jesuitensöhne einer schmutzigen Dirne von einer Regierung aus Drecksäcken ... und ich wäre fast um ein Haar draufreingefallen ... auf diese Geschichte von den unterjochten italienischen Gebieten, die wir befreien müssen. So was nennt sich Befreiungskrieg! Was kümmert die Trient oder Triest. Die kümmern sich nur um die Rüstungsindustrie, um die Aktien der Firmen, die das Kriegsmaterial liefern, und ihre Gewinne! Und die Führer meiner eigenen Partei ... stumm wie die Fische ... aus Vaterlandsliebe ... eine Scheißpartei!

Schneider: Die Ärmste scheint eine Krise zu haben. *Von draußen hört man Fanfarenstöße. Der Schneider schaut zum Fenster hinaus.* Da sind sie! Da sind sie! Sie kommen, die Carabinieri! Herrlich! Eine Schwadron Kavallerie! Ist das schön, wie sie angreifen!

Saxofon: Himmelarsch und ich kann nicht zuschaun! *Schreit* Schlagt zurück, Genossen! Es lebe Marx! Nieder mit dem König! Nieder mit dem Kapital! Und allen dreckigen Revisionisten, die die Arbeiterklasse verraten!

2. Schneiderin: Jetzt kommen die Dachziegel! Mamma, ein Hagelschauer! Die schmeißen ihnen ja die ganzen Dächer auf den Kopf!

1. Schneiderin: Ran, ran! Heiliger Henker, das sieht aus, wie das Jüngste Gericht!

Antonia: Mann, ist das ein Gemetzel! Schau mal, schau mal, pautzpardautz! Die ganzen Pferde liegen um! Wie ist das denn passiert? Als ob sie einer umgemäht hätte!

Saxofon *lachend:* Die Stricke, sie haben die Stricke gespannt! Das ist passiert.

1. Schneiderin: O ja, die Stricke! Sie haben die Stricke mit einem Ruck strammgezogen, so daß die Pferde gestrauchelt sind. Ist das ein Durcheinander! Und sie fallen immer noch! Alle aufeinander. Ein riesiger Haufen!

Schneider: Sie haben sie umgebracht! Mörder! Schweine! Sie haben die armen Pferde umgebracht! Was können die Pferde dafür! Unmenschliche Verbrecher! *Die Witwe tritt ihm in den Hintern. Er dreht sich um, merkt aber nicht, wer es war.* Wer war das?

2. Schneiderin: Da, da! Jetzt werfen sie auch mit Steinen, die hinter den Barrikaden!

Antonia: Ein richtiges Bombardement! Wie im Krieg!

1. Schneiderin: Wie die werfen! *Man hört die Fanfare zum Rückzug blasen.*

Antonia: Sie fliehen! Die Carabinieri fliehen!

Saxofon: Sie blasen zum Rückzug!

Alle: Hurra! Hurra!

Antonia: Großartig!

Alle: Wir haben gewonnen! *Alle beginnen zu singen und zu tanzen. Auch die Witwe tanzt wie wild, wobei sie sich die Waschschüssel mit einer Hand am Hintern festhält. Der Chefschneider schaut stumm und fassungslos zu. Langsam verlöscht das Licht, während die Sänger wieder auftreten und singen.*

Nein, Genossen, dreimal nein!
Wir geben niemals auf!
Solang in uns ein Funken Leben ist,
hört unser Kampf nicht auf!
Nie, nie, nie!

Ende des ersten Teils. Pause.

Zweiter Teil

Antonia *Stimme über Lautsprecher oder außerhalb der Bühne:* Jetzt war ich auf der Insel. Jeden Tag erwartete ich die Geburt meines Kindes. Es ging mir schlecht. Ich konnte kaum schlafen und das bißchen Schlaf war voller Träume. Immer wieder träumte ich von meinem armen Saxofon, doch das Komische in all meiner Trauer war, daß er die Stimme eines wahren Saxofons hatte, wenn er mit mir sprach. Ein Traum, den ich wie besessen immer wieder träumte, war mein Besuch im Gefängnis in Turin neunzehnhundertsiebzehn.
Unter den letzten Zeilen des Liedes am Schluß des ersten Teils – das wiederholt wird, wenn zwischen dem ersten und zweiten Teil eine Pause gemacht wird – entwickelt sich die Stimme des Gefängnisaufsehers, ergänzt von dumpfen Schlägen einer Pauke und grellen Pfiffen einer Trillerpfeife.

Wachtmeister: Ruhe! Ruhe da! Hab ich gesagt! Oder die Besuchszeit ist beendet! *Paukenschläge und Pfiffe.* Die Nächste: Ballo, Antonia, Ehefrau des Gefangenen Ballo, Michele ... Anwesend? Antworten! *Es ertönt ein unterwürfiger Ton, gespielt von einer Posaune.* Du kannst gehen, Platz Nummer drei. *Aus dem Hintergrund nähert sich eine von drei Frauen und setzt sich auf eine lange Bank, so als befinde sich vor ihr ein Gitter, hinter dem ihr Mann sitzt. Die Posaune beginnt sofort aufgeregt loszureden.* Eeh! Ihr da an Nummer drei. Wir wollen doch etwas leiser reden. Sind wir hier auf dem Wochenmarkt? *Die Posaune verstummt, wobei die Frau einige Entschuldigungen von sich gibt.* Santinoro, Antonia, Ehefrau des Gefangenen Santinoro, Norberto! Anwesend? Antworten!

Antonia *erhebt sich und antwortet verlegen:* Ja, ja, bin da ... hier bin ich.

Wachtmeister: Ach, Sie sinds. Gehn Sie ruhig auf Platz Nummer sechs. *Antonia setzt sich ebenfalls auf die Bank, in einigem Abstand von der anderen. Beide blicken ins Publikum.* Baccini, Rosa, Ehefrau des Gefangenen Baccini, Aldo! Anwesend? Antworten! *Die dritte Frau erhebt sich und kommt nach vorne. Ihre Bewegung wird von einer scharfen, aber wirren Tonfolge aus einer Klarinette begleitet.*

Wachtmeister, *seine Worte sind von den dumpfen Trommelschlägen und der Trillerpfeife begleitet:* Du kannst vorgehen, Platz zwölf! Ihr habt 15 Minuten Zeit, von jetzt an gerechnet. Fangt an! *Sofort setzt ein ungeheures Getöse der Instrumente ein, dazu Paukenschlag und Gong.* Und nicht so ein Krach, hab ich gesagt ... sprecht leise! Sonst beende ich sofort die Sprechstunde und lasse euch allesamt rausschmeißen! *Zu Antonia* He! Sie! Wieso sprechen Sie nicht. Ist das nicht Ihr Mann?

Antonia *entschuldigend:* Doch, doch, das ist er!

Wachtmeister: Dann reden Sie mit ihm! Oder weshalb sind sie hergekommen?

Antonia *mit mürrischer, unbeteiligter Stimme:* Ciao. *Fragender Ton eines Saxofons.*

Ich, böse? Wieso soll ich böse sein? Ich bin die glücklichste Frau von ganz Turin! Ich bin mit einem wahren Revolutionär verheiratet. Was führen wir für ein romantisches Leben: Kennengelernt haben wir uns während einer Razzia der Polizei. Geheiratet haben wir auf dem Polizeipräsidium. Unsere ersten liebevollen Begegnungen ereigneten sich durch ein Sprechgitter in einem Gefängnis. Unsere Hochzeitsnacht hast du in einer Arrestzelle genossen. Als unser erster Sohn geboren wurde, lagst du im Gefängniskrankenhaus mit gebrochenen Knochen, verhaftet wegen Aufruhr und Bildung einer kriminellen Vereinigung. Jetzt unterhalten wir uns wie üblich durch ein Sprechgitter, nur getrennt durch eine Wand mit ein paar Löchern drin ... warum sollte ich dir böse sein? Ist es nicht schön? Vor allem du, mit dem großen Turban auf dem Kopf.

Das Saxofon antwortet brummig.

Du hast recht, entschuldige ... tut dir der Kopf noch sehr weh?

Zustimmende Äußerung des Saxofons.

Diese Schweine! So brauchten sie dich wirklich nicht zuzurichten. Aber du hättest auch gleich die Hände hochnehmen können, dann hätten sie dir nicht den

Gewehrkolben übern Kopf gehaun!
Saxofon
Ja, ja, Gino haben sie auch geschnappt ... halb so schlimm. Er liegt im Gefängnisspital. Genau so'n Schwachkopf wie du. Er kann die Beine nicht mehr bewegen: Querschnittslähmung.
Einige trockne Noten.
Natürlich ist es seine Schuld! Wenn er abgehaun wäre, hätten sie ihm das Kreuz nicht durchgehaun.
Einzelner Ton.
Aber ihr müßt immer die Aufrührer spielen auf den Barrikaden ... Ihr müßt immer mitten drin sein, immer an erster Stelle.
Spöttische Tonfolge.
So, reaktionär bin ich? Ich bin zur Reaktionärin geworden, weil ich einen Mann möchte, der manchmal auch zu Hause übernachtet, statt jede Nacht auf einer anderen Gefängnispritsche oder im Krankenhaus?
Widerspruch des Saxofons.
Natürlich! Ich habs satt, ich bins leid mit deiner Politik, mit dem Klassenkampf.
Ironische Zustimmung.
Ich soll mich nicht so aufblasen? Dich möcht ich sehn an meiner Stelle, wo du hinkämst mit deiner revolutionären Begeisterung! Warum hast du mich überhaupt geheiratet, wenn du wußtest, daß du nicht leben kannst, ohne den großen Volkstribun zu spielen? Und mich läßt du daheim sitzen, als wär ich das Kindermädchen von deinem Sohn, und dann muß ich auch noch damit rechnen, daß einer kommt und sagt: Antonia, dein Mann liegt im Leichenschauhaus. Komm, du mußt ihn identifizieren!
Empörung des Saxofons.
Natürlich, ich bin eine armselige Kleinbürgerin ... er dagegen ist ganz selbstlos ... nur um die Welt zu verändern. Aber, wie wollt ihr die Welt verändern mit euern paar Männeken!
Das Saxofon korrigiert sie streng.
Ja, in Ordnung, ihr seid mindestens zehntausend ... aber nur hier in Turin ... isoliert und total chaotisch ... ohne Organisation, mit vier Schreckschußpistolen und ein paar verrosteten Gewehren. A propos Ge-

wehr. In der Anzeige gegen dich heißt es, sie hätten dich mit dem Gewehr in der Hand erwischt. Ist das wahr?
Ein brummiger und trockener, verneinender Ton des Saxofons.
Das bestreitest du auch noch?! Hier! Schwarz auf weiß! Auf der Barrikade in Via Nizza hast du gestanden, von wo aus die meisten Schüsse gefallen sind.
Kurze, zufriedene Phrase des Saxofons.
Jetzt rühmt er sich auch noch! Du Blödmeier! Mal sehn, ob du dich im Prozeß auch noch rühmst! Vielleicht gehst du zum Richter und behauptest, daß du auf den Offizier geschossen hast, der umgekommen ist!
Die beiden anderen Frauen drehen sich neugierig um. Das Saxofon brummt besorgt.
Nein, ich bin nicht still! Ach! Jetzt hast du Angst, man könnte uns hören!? Auf der Barrikade hast du geschrien!
Sie bemerkt, daß die Frauen zu ihr hinschauen und ihr entsetzt zuhören und imitiert daraufhin einen scharfen und anmaßenden Ton einer Trompete.
Ptääh! Ptääh!
Die Frauen wenden sich beleidigt ab.
Mit heiserer Stimme hast du geschrien: „Soldaten, Brüder, erschießt mich! Wir sind genauso Proletarier, wie ihr! Werft die Gewehre hin und kämpft mit uns gegen die Bosse und Unternehmer!"
Die beiden anderen Frauen schauen noch einmal kurz zu ihr hinüber und seufzen tief.
Da hattest du keine Angst, daß man dich hören könnte, stimmt's?!
Das Saxofon versucht zu lügen.
Natürlich hast du das gerufen! Ein Haufen Leute hat dich gehört! Weißt du, was das bedeutet?! Aufruf zur Revolte und zur Fahnenflucht! Du hast dich wirklich fein reingeritten! Inzwischen wird auch schon das Gerücht verbreitet, ihr wärt von den Österreichern bezahlt! Ihr wärt ein Haufen feiger Verräter, die die Streiks nur organisieren, um die Kriegsproduktion zu blockieren und unsern armen Soldaten an der Front in den Rücken zu fallen.

Widerspruch des Saxofons.
So, Drecksäcke! Dachtest du vielleicht, daß die Großindustrie in euern Arbeitergesangverein beitritt und mitsingt:
„Wir kämpfen nicht fürs Vaterland,
nicht für Italiens Ehre!
Wir kämpfen für den Unverstand
und für die Millionäre!"
Die Großindustrie macht ihre Arbeit und gut! Ihr Spezialisten seid es, die ihre Aufgabe nicht anständig erfüllen!
Unwilliger Protest.
Ja, ganz zu schweigen von euern großkopfeten Parteiführern, die euch reinlegen. Ihr baut die Barrikaden, laßt euch totschlagen, und eure Parteibonzen, die ... die ... vor allem der eine, der immer den starken Mann spielt ...
Saxofon, als nenne es einen Namen.
... genau, ja, der. Was tun sie? Sie lehnen ab!
Ungläubige Äußerung des Saxofons.
Ja, sie lehnen ab. Hier steht's in der Zeitung. *Zieht eine Zeitung aus der Tasche.* „Die oben genannten Abgeordneten lehnen jegliche Verantwortung für die derzeit in Turin stattfindenden Ausschreitungen ab und halten sie für spalterisch und nicht opportun. Sie beschließen deshalb, zum gegenwärtigen Zeitpunkt" ... gib acht: zum gegenwärtigen Zeitpunkt! Das heißt, sie wollen erst mal zugucken und dann, vielleicht, im richtigen Augenblick, mal sehn, aber natürlich ohne sich hinein zu verwickeln, versteht sich. Beschließen also, „der Aufstandsbewegung, so wie sie sich momentan darstellt, ihre Zustimmung zu verweigern, da sie nicht die Unterstützung der breiten Masse gefunden hat und lediglich von einer kleinen, unverantwortlichen und abenteuerlichen Gruppe berufsmäßiger Aufwiegler geführt wird!"
Das Saxofon grunzt.
Verstehst du? Die Stadt ist seit zehn Tagen total belagert ... das Stadtzentrum ist komplett abgeriegelt von über fünfzig Barrikaden. 1500 Gefangene, davon 850 bereits angeklagt. Zweihundert Verletzte, vierzig Tote, und sie kommen daher und behaupten, daß

der Aufstand nicht die Unterstützung der Massen gefunden habe! Und zu allem Überfluß behaupten sie jetzt auch noch, du wärst gar kein richtiges Mitglied der sozialistischen Partei, sondern ein berufsmäßiger Terrorist, ein extremistischer Abenteurer und ein Provokateur! Das hast du jetzt davon!
Abermaliges Grunzen.
Natürlich, ich weiß! Wenn du merkst, daß sie dich reingelegt haben, fällt dir nichts anderes ein als: drekkige Reformisten und Maulhelden!
Gewaltiger Paukenschlag mit der üblichen Trillerpfeife. Antonia gestikuliert entschuldigend.
Entschuldigung, ich sprech ja schon leise ... Aber wenn er mich so aufregt ...
Frageton des Saxofons, vorwurfsvoll.
Das bestreit ich ja gar nicht, daß sie auch einige Parteifunktionäre festgenommen haben ... aber zweitrangige Leute, kleine Fische. Wo waren die Spitzenleute, als es hier rund ging? Das will ich wissen! Wo war zum Beispiel euer Parteivorsitzender am 16. bis 22. August?
Erstaunte Frage.
Ich kann es dir sagen, wo er war: In Ferragosto, in Rom, quietschvergnügt ... in Rom war er und schrieb. Hör nur mal, was er schönes geschrieben hat. *Liest aus der Zeitung vor.* „Die sozialistische Partei, die seit Jahren auf parlamentarischer Ebene tätig ist, kann und darf derartige Aufstände weder anzetteln, noch unterstützen: es widerspräche ihrer Würde und Bedeutung." Eine Würde und Bedeutung ist etwas für bessere Leute. Für Höhergestellte, Parlamentarier! Nicht etwa diese kümmerlichen Proletarier. Hör doch auf! Unser Land ist im Krieg, und du willst ausgerechnet 1917 revolutionäre Aktionen provozieren? Das sagt im übrigen auch euer Lazzari, der nun wirklich einen gesunden Menschenverstand besitzt und Abgeordneter ist, Revolutionär, aber maßvoll. Hör zu, was er gesagt hat: „Zur Gewalt aufzurufen und Aufstände zu schüren, bedeutet in diesem schwierigen Augenblick nichts anderes, als unser Land zwangsläufig zu schwächen und es der Gnade oder Ungnade seiner Feinde schutzlos auszuliefern: die Niederlage!"

Heftiger Paukenschlag und Trillerpfeife.
So, man darf dem Gefangenen nichts aus der Zeitung vorlesen?! Das wußt ich nicht. Aber es ist aus der „Stampa"! Ja! Die „Stampa" aus Turin! Die Zeitung, die FIAT herausgibt. Das Blatt des Großkapitals!
Abermals Trommelschlag.
Na bitte, daraus darf ich vorlesen ... ist ja wohl logisch. Darf ich weiter ...?
Kurzer Trommelwirbel.
Danke. Dann hör dies mal, das ist nicht schlecht. *Sie liest aus der Zeitung vor. Im Hintergrund leiser Gesang zur Melodie „Hinaus in die Ferne mit Butterbrot und Speck":*
Wir kämpfen nicht für Vaterland
wir kämpfen nicht für Gott
wir kämpfen für die Reichen
die Armen gehn kapott!
Wir sterben nicht fürs Vaterland
nicht für Italiens Ehre
wir sterben für den Unverstand
und für die Millionäre!
„Die höchste Pflicht jedes Proletariers und überzeugten Revolutionärs ist der Kampf mit allen Mitteln für den totalen Zusammenbruch der Regierungen. Verratet den Staat, kollaboriert für die Niederlage eures eigenen Landes! Nutzt die Schwierigkeiten aus, in denen sich die Armee der bürgerlichen Klassen, die Regierung und der Staat befinden, um sie zu vernichten!" Sowas gefällt dir, nicht?
Verwunderte Frage.
Nein, beruhige dich, das steht nicht in der „Stampa". *Beruhigender Ton des Saxofons, zugleich mit einem befreienden Seufzer der beiden anderen Frauen.* Es steht in diesem Flugblatt. *Sie zieht aus der Zeitung ein Flugblatt und schwenkt es vor den Augen des imaginären Saxofon hin und her.* Ich hab es in deiner Jackentasche gefunden! Laß sies ruhig bei dir finden, was tut das: zwei Jahre mehr oder weniger ins Gefängnis.
Das Saxofon äußert sich besorgt.
Natürlich trag ichs mit mir rum ... um mir von dir

nicht anhören zu müssen, ich hätte alle diese Dinge nur erfunden ... daß niemand jemals ein solches Flugblatt geschrieben, geschweige denn gedruckt hätte.
Sie zerreißt das Flugblatt in tausend Fetzen. Ich vergaß dir zu sagen, von wem die Unterschrift stammt: Lenin! Ich möchte nur einmal einen von deinen großartigen sozialistischen Abgeordneten im Parlament hören, wie er sagt: „Unser Ziel ist der Verrat an der Armee, an der Regierung und am Staat, um ihn zu zerschlagen."
Saxofon.
Ich bin doch nicht blöd! Sie sind einverstanden mit Lenin, aber nur mit Worten ... mit Worten, um Dummköpfe wie dich einzuseifen ... und sich von euch wählen zu lassen!
Wutausbruch des Saxofons.
He! Hörst du auf, mich zu beschimpfen! Darf ich dir nicht mehr die Wahrheit sagen? Hä?!
Scharfer Ton.
Natürlich spotte ich nur, aber was soll ich machen? Wenn ich dich je wieder hier rauskriegen will, hab ich doch nur eine Hoffnung, daß der König der Königin ein Kind macht, und daß sie hinterher, wenns ein Sohn wird, eine Amnestie erlassen, damit du wieder hier rauskommst, oder?
Das Saxofon protestiert.
Ja, ja, ich weiß! Ich weiß, der ganze Aufstand ist nur deshalb ausgebrochen, weil es kein Brot mehr gibt und die Menschen hungern ... Weißt du, wen du heiraten solltest? Ein riesiges, blödsinniges Arschloch von einer Revolutionärin, wie meine Schwester Ersilia!
Die beiden Frauen schrecken hoch, erregter Einwand der Posaune.
Was wärt ihr für ein hinreißendes Paar, ihr zwei beiden: du hoch oben auf der Barrikade und sie auf der Straße packt in die Speichen eines Schützenpanzerwagens, wild entschlossen, den Motor abzuwürgen, koste es was es wolle und sei es auf die Gefahr ins Räderwerk zu geraten, verhackstückt zu werden und als Ragout wieder rauszukommen, fix und fertig für die Spaghettisoße!

Ungläubiger und ironischer Einwand des Saxofons. Wieso unglaubwürdig? Das hat sie wirklich gemacht! Es war am ... warte mal: dich haben sie geschnappt, das war Donnerstag. Nicht? Genau den Tag drauf. Vor der Barrikade im Borgo San Paolo! Erst hatten sie die Kavallerie losgehetzt, aber nicht einmal die schaffte den Durchbruch. Also: zum Angriff die Schützenpanzerwagen! Sowas hast du noch nicht gesehen. Säuisch war das, wie die um sich geschossen haben: peng, pengpereng, ratattatta, rattattatta, pengpereng. Mit den Maschinengewehren, ohne hinzuschauen wohin. Sie trafen, was sie trafen. Auf einmal kommen die Frauen aus den Häusern und stürzen sich schreiend auf die Panzerwagen, verkrallen sich an den Aufbauten und in den Rädern, hängen sich an die Maschinengewehre, schreien, kreischen, weinen, fordern die Soldaten auf, stehn zu bleiben, aufzuhören zu schießen, weil die auf den Barrikaden ihre eigenen Leute wären, Arbeiter, die unter dem Krieg leiden, wie sie ... und daß auch die Soldaten gegen den Krieg kämpfen müßten, weil man sie schon morgen an die Front schicken würde, um sich umbringen zu lassen. Eine alte Frau, so eine dicke, stellt sich direkt vor einen der Panzerwagen und schreit: „Deine Mutter könnte ich sein! Erschieß mich doch, wenn du Mut hast! Erschieß deine Mutter!" Und meine Schwester natürlich, dieses Unglücksmensch, wirft sich auf den Boden, direkt vor einen Panzer. Die Soldaten wissen nicht ein noch aus: Schwitzen vor Angst, einer, ein Junger, fängt an zu weinen. Die Motoren stehen still ... die Maschinengewehre schweigen. Kein Schuß fällt mehr. Die einzigen Schreie, die man hört, sind jetzt die Schreie der Offiziere am anderen Ende der Straße, die wie die Verrückten auf ihre Soldaten schimpfen: „Ihr Hunde! Wollt ihr wohl schießen! Fahrt zu! Wir bringen euch alle vors Kriegsgericht! Ihr Feiglinge!" *Die zwei anderen Frauen klatschen mechanisch Beifall.* He! Was soll das? Sind wir hier im Theater? *Die Frauen reagieren verlegen und hören auf, zu klatschen.* Jetzt hört euch mal den an, wie gut der gelaunt ist!

Saxofon beginnt halblaut aber begeistert zu spielen.

Das Spiel klingt wie Lachen.
Er amüsiert sich! Er lacht! Sitzt im Knast, riskiert wer weiß wie viel Jahre und ist glücklich! Warum singst du nicht auch noch, wenn du schon dabei bist! Wie mit deinen Genossen auf der Barrikade?! Los! Ich helf dir! Sing mit!
Sie singt, das Saxofon begleitet sie zur Melodie des „Avanti popolo".
Und schickt uns Rußland
genügend Waffen,
dann werd'n wir's schaffen
dann werd'n wir's schaffen!
Wir wollen kämpfen
uns lockt der Sieg
denn was wir wollen
ist Bürgerkrieg.
Wir wollen kämpfen,
daß jeder mit muß,
denn was wir wollen,
ist Sozialismus!
Die letzten vier Zeilen bilden musikalisch eine Wiederholung der zweiten vier Zeilen.
Licht aus.
Und so endete auch dieser Krieg mit einem Sieg. Aber es war kein Sieg für uns arme Christenleut, die weiterkämpfen mußten, mit Streiks und Fabrikbesetzungen. Mein Norberto kam im Mai 1919 wieder aus dem Gefängnis. 1920 waren die großen Fabrikbesetzungen. 1921 die Spaltung der sozialistischen Partei. Am 28. Oktober 1922 machten die Faschisten den „Marsch". Auf Rom. Einige Tage drauf erhielt ich eine Aufforderung, im Polizeipräsidium zu erscheinen.
Licht.
Antonia richtet mit den Händen einen Schleier, der sich auf ihrem Hut auftürmt, und versucht einen Wachtmeister der Carabinieri zurückzustoßen, der sich vor ihr aufgebaut hat.
Seien Sie nicht so eigensinnig! Lassen Sie mich durch!
Wachtmeister: Bedaure, Signora! Ich habe meine Befehle! Außerdem ist er in einer Sitzung mit den höchsten Stellen!

Antonia: Was für ein Sitzungsbefehl! Was interessieren mich die höchsten Stellen! Es geht um Leben oder Tod!

Wachtmeister: Befehl ist Befehl!

Antonia: Ich geb die Befehle! Sie gehn jetzt rein und melden Ihrem Kommandanten, daß ich ihn sprechen muß! Ich bin eine Vertrauensperson der Polizei! *Sie versucht, sich durchzuwinden, aber der Wachtmeister blockiert sie erneut. Neben ihm taucht plötzlich der Hauptmann aus dem Jahre 1911 auf. Antonia und der Hauptmann stehen sich dicht gegenüber. Er ist jetzt Oberst.*

Oberst: Was geht hier vor?

Antonia: Endlich! Signor Capitano! Oder nein ... Capitano sind Sie nicht mehr. Was ist das für ein Dienstgrad? *Sie tippt auf seine Achselstücke.*

Oberst: Colonello! Wer sind Sie?

Antonia: Colonello?! Erinnern Sie sich nicht? *Hebt den Schleier weiter nach oben.* Antonia, Antonia Berazzi. 1911 hab ich für Sie spioniert. Mussolini! Der Mussolini, der kürzlich den Marsch auf Rom gemacht hat. Erinnern Sie sich?

Oberst. Ach so, Mussolini. 1911, nicht wahr?

Antonia. Wissen Sie noch? Wie ich zu Ihnen sagte: Sein Sie vorsichtig mit dem Salz, Capitano. Wenn der mal was wird, der Mussolini. Aber Sie: Der wird nie was! Ich kenne die Menschen!

Oberst. Ich bitte Sie! Nicht hier. Kommen Sie später wieder ... vielleicht nächste Woche ... ich habe jetzt keine Zeit.

Antonia: Na gut. Aber rufen Sie bitte die Feuerwehr an und das Rote Kreuz, damit sie die Toten rausholen können.

Oberst: Die Toten!? ...

Antonia: Können Sie sich vorstellen, was passiert, wenn ein Haus in die Luft fliegt?

Oberst: Was für ein Haus?

Antonia: So, jetzt verlangen Sie, daß ich diese Dinge hier im Treppenhaus ausbreite?

Oberst: Dann kommen Sie rein, nehmen Sie Platz.

Antonia: Warum so förmlich? Früher sagten Sie „Du“ zu mir, daß ich schon dachte, wir wären verlobt ...

und jetzt, wo Sie ein bißchen Karriere gemacht haben, gehn Sie plötzlich auf Abstand und siezen mich ... *Sie betreten einen Salon, in dem einige „einflußreiche Persönlichkeiten" sitzen, darunter eine Dame, die sehr bedeutend wirkt. In der Inszenierung in Italien tragen die Anwesenden Masken vorm Gesicht. Schreibtische, kleine Serviertische, bequeme Sessel, Gläser und Flaschen.*

Oberst: Verzeihen Sie, meine Herrschaften, ich habe mir erlaubt, diese Dame einzulassen. Es scheint, daß sie uns eine wichtige Mitteilung machen will.

Antonia: Guten Abend! *Sie vollführt einen kleinen Knicks. Die anderen antworten mit huldvollem Kopfnicken.*

Oberst: Sprechen Sie!

Antonia: Vor denen?

Oberst: Sprechen Sie nur, es sind Freunde.

Antonia. Ich möchte wissen, wer sie sind!

Oberst: Ich sagte, Sie können ihnen trauen!

Antonia: O nein, bedaure! Erst will ich wissen, wer sie sind. Verzeihen Sie, aber ich will keinen Ärger. Wenn einer der Anwesenden zu meinen Freunden geht und Ihnen mitteilt, daß ich hier war, kriege ich Ärger. Also bitte, stellen Sie mir Ihre Freunde vor und dann red ich vielleicht ... über meine Freunde.

Signora Burgos: Wofür halten Sie uns?! Wir sind keine Spitzel!

Antonia: Ich bin eine Spitzel: Denunziantin, Kontaktperson, seit 1911. Fragen Sie den Capi ... den Colonello.

Oberst: Meine Damen, lassen wir das. Stellen wir uns vor und dann berichten Sie uns. Ich darf vorstellen: Signora Burgos Mannati.

Antonia: Die Präsidentin der katholischen Wohlfahrt? Sehr angenehm ... *Sie streckt ihre Hand aus, aber Signora Burgos ergreift sie nicht.*

Signora Burgos: Ganz meinerseits.

Antonia: Sie sind die Frau, Verzeihung, die Gattin des bekannten Industriellen?

Signora Burgos: Dieselbe.

Antonia: Kompliment, Signora! Soweit ich weiß, sind Sie keine von den Damen, die nur zuhause sitzen und Pralinen essen. Wie ich hörte, sind Sie selbst Unternehmerin und haben die Papierwerkstätten in allen italienischen Gefängnissen und Irrenhäusern gepachtet ... Aber ich bitte Sie ... nicht so bescheiden: Wir kämpfen unter derselben Flagge, Signora: Für die Emanzipation der Frau ... Gestatten Sie mir, Ihre Hand zu schütteln.

Signora Burgos: Aber nicht doch. *Sie streckt ihre Hand aus, die Antonia herzlich schüttelt.*

Antonia: Sie sind der Beweis, daß eine Frau ebensoviel leisten kann, wie ein Mann!

Signora Burgos: Ganz Ihrer Meinung!

Antonia: Sie sind Demokratin! Besten Dank. Man sagte mir, Sie seien sehr tüchtig. 1919, während des Generalstreiks, sollen Sie die Streikbrecher organisiert haben, indem Sie in Ihren Fabriken sogar die Nervenkranken eingesetzt haben, aus der katholischen Nervenklinik, deren Präsidentin Sie sind!

Präfekt: Eine köstliche Idee!

Signora Burgos: Es war wirklich nicht meine Idee. Die Anregung dazu gab der Herr Bischof!

Oberst: Fahren wir fort, meine Herrschaften. Ich darf vorstellen: Der Polizeipräfekt.

Antonia: O, heute ist wirklich mein Glückstag ... Ich habe von Ihnen gehört! Sie sind befreundet mit Ministerpräsident Giolitti ...

Präfekt: Durchaus.

Antonia: Er hat Sie zum Präfekten ernannt.

Präfekt: Nun, ich wurde es unter seiner Regierung.

Antonia: Stimmt es, daß man Sie fallen lassen will?

Präfekt: Wer sagt das?

Antonia: Nun ja, nachdem Giolitti gescheitert ist ... wenn Sie sich nicht beeilen und neue Freunde finden ... einen neuen Dirigenten für Ihr Orchester ... Das Leben ist ein großes Konzert!

Oberst: Kommen Sie, bitte ... Darf ich vorstellen: Signor Colombetto, Gewerkschafter, Sekretär der Arbeiterkammer.

Antonia: Das Schönste an der Welt ist doch ihre Vielfalt. Man hat mir gesagt, in Bari hätte ein gewisser Di Vittorio, ebenfalls ein Gewerkschaftsführer, die Präfektur mit Waffengewalt besetzt, um den Präfekten zu zwingen, die Forderungen der Tagelöhner zu erfüllen! Und Sie kommen hier her, völlig unbewaffnet?!

Gewerkschafter: Was soll diese Ironie? Ich weise das schärfstens zurück!

Antonia: Sie protestieren?! Sie weisen zurück? Glauben Sie, das ist die richtige Sprache für einen Gewerkschafter von Ihrem Schlag? Warum reden Sie nicht, wie immer: Ich bin einverstanden ... ich verhandele ... ich teile die Ansicht ... ich unterschreibe ...

Präfekt: Jetzt übertreiben Sie aber, Signora! Ich kann beschwören, daß Signor Colombetto immer und ausschließlich die Interessen der Arbeitnehmer vertreten hat ...

Antonia: Natürlich, wie 1920 während der Fabrikbesetzungen, als er zu Ihnen gerannt kam, Herr Präfekt, um zu verhandeln ... sich Rat zu holen ...

Präfekt: Er war sich bewußt, daß die Arbeiter nicht gewinnen konnten und war besorgt, wegen der Zeit nach dem Kampf, wegen der Repressalien ...

Antonia. Uns hat er was anderes gesagt.

Gewerkschafter: Woher willst du das wissen?

Antonia: Weil ich in der Fabrik war, als er zu uns kam und uns beruhigt hat ... bleibt hart, aber übertreibts nicht ... Wachsamkeit! Nicht mehr! Keine Gewalttätigkeiten! Ich bin am Verhandeln! Wir siegen! Diese dreckigen Industriellen werden nachgeben müssen!

Signora Burgos: So, so!

Gewerkschafter: Das ist nicht wahr! Wenn damals eine Katastrophe vermieden wurde, dann verdankt ihr das uns; unserer Vermittlung!

Antonia: Verräter seid ihr. Ihr seid rumgerannt und habt lauthals verkündet, wir sollten die Besetzungen abblasen, wir hätten gesiegt und unsere Forderungen erreicht!

Oberst: Bitte, bitte wir wollen diese Dinge vergessen ... es gibt Wichtigeres!

Gewerkschafter: Natürlich war es ein Sieg!

Antonia: Schöner Sieg! Die Lohnerhöhungen hatte die Inflation in einem Monat aufgefressen, die Mitbestimmung über die Produktion ist nie verwirklicht worden, 10.000 grundlose Entlassungen in zwei Monaten ... die Moral der Arbeiter entscheidend geschwächt ...

Oberst: Schluß jetzt! Wenn Sie jetzt bitte Ihre Mitteilung machen würden.

Antonia Einen Moment noch ... wer ist dieser Herr da?

Faschist: Gestatten, Ranzi ...

Antonia Wie?! Sie sind der Chef der Turiner Faschisten?

Faschist: Ja. Das bin ich.

Antonia: Ja aber ... und du, Genosse Gewerkschafter ... Du vertrittst demgegenüber die Interessen der Arbeiterklasse?

Gewerkschafter Bist du hier um zu provozieren?

Faschist *zum Gewerkschafter:* Moment ... wieso fühlen Sie sich beleidigt? Ich bin ein Mensch, der immer nur auf einer Seite gestanden hat, mit äußerster Klarheit! Für den Kriegseintritt 1914 ... für die Befreiung Dalmatiens 1919 ... Leiter von Strafexpeditionen gegen streikende Landarbeiter im Auftrage der großen Grundbesitzer 1920 ... jetzt, 1922, im Kampf für die Interessen des freien Unternehmertums und der Marktwirtschaft, immer überzeugter Antikommunist, Antibolschewik, Nationalist, für das Kapital! Was haben wir beide miteinander zu tun?

Oberst: Weiß der Teufel, welches Verhängnis Sie hierhergeführt hat ... ich bitte Sie dringlichst, jetzt damit aufzuhören ... aus und Schluß!

Faschist: Nein! Ich rede zu Ende!

Oberst. Ich sagte Schluß jetzt ... Das ist ein Befehl! Bei Gott!

Faschist: Sie wollen befehlen?! Seien Sie vorsichtig! Ich nehme hier von niemandem Befehle entgegen! Verstanden?

Präfekt: Was glauben Sie, wer Sie sind?!

Faschist: Wir sind diejenigen, die es euch gestatten, auf euren Posten zu bleiben ... bis auf weiteres ... euch, dem König, der Königin ... euren Fabriken und euren Pöstchen als Präfeketen und Gewerkschafter.

Präfekt. Nun mal langsam!

Faschist: Ohne uns geht nichts mehr! Wer hat denn das Land vom roten Spuk befreit?! Wir! *Der Gewerkschafter scheint aufmucken zu wollen.* Ich rede nicht von Ihnen ... Sie sind kein Roter.

Antonia Er ist rosa!

Gewerkschafter. Aber bitte, bitte! *Der Faschist weist ihn mit einer herrischen Handbewegung an, sich wieder hinzusetzen.*

Faschist: Wir sind diejenigen, *er wendet sich an Signora Burgos und den Präfekten* die in weniger als einem Monat aufgeräumt haben mit 600 kommunistisch verseuchten Kulturhäusern, Genossenschaften, Arbeitskammern ... allesamt bis auf die Grundmauern niedergebrannt ... in die Luft gesprengt! Wir haben die beachtliche Zahl von 3.000 Roten beiderlei Geschlechts auf den Friedhof verfrachtet und unter die Erde gebracht, als Düngemittel! Wir haben die sozialistische Partei und ihre Spitzenfunktionäre in die Knie gezwungen, ganz zu schweigen von ihren Abgeordneten!

Antonia: Die lagen schon längst auf den Knien. Die haben im Abgeordnetenhaus extra Thronsessel mit Kniefallbremse, damit sie sich nicht wehtun, wenn sie zu Kreuze kriechen!

Faschist: Wir haben die Nation wieder aufgerichtet!

Signora Burgos: Sie haben, Sie haben, Sie haben! Als mein Mann Sie anrief und euch bat, nach Cuneo zu kommen, um das Gewerkschaftshaus auszuräuchern und die Sozialisten zu vertreiben ... Kaum daß die Arbeiter geschossen haben, seid ihr gelaufen wie die Hasen, habt euch im Kloster versteckt und seid klammheimlich als Priesterschüler verkleidet nach Turin zurückgekehrt!

Faschist: Ja, aber nur weil die königliche Garde uns verraten und keinen Flankenschutz gegeben hat!

Oberst: Eben! Ihr könnt das Maul aufreißen, wenn jemand hinter euch steht! Was habt ihr euch gebrüstet mit dem Massaker an den Bolschewisten in Florenz! Aber wer hat denn geschossen aus den Panzerfahrzeugen?!

Faschist: Die Polizei, natürlich! Einverstanden! Aber wir saßen auf den Dächern und haben geschossen!

Präfekt: Nein! Auf den Dächern, das waren Polizeibeamte von uns, in Zivil! Ihr wart schon lange ausgerissen!

Oberst: Das Massaker haben wir angerichtet, indem wir

sie von hinten angegriffen haben ... Wir hatten die Arbeit und ihr habt die Ehre!

Präfekt: Die wir euch nur deshalb gelassen haben, damit es nicht heißt, Polizei schießt auf demonstrierende Arbeiter!

Gewerkschafter: Schöne Ehre!

Antonia: Jeder Henker will seinen Lohn!

Oberst: Oder in Rom, in Trastevere! Wer hat euch rausgehaun? Oder auf dem Testaccio, letzte Woche! Wer ist da eingeschritten gegen die antifaschistischen Kampfgruppen, die schon fast alle eure Kameraden gefangen genommen hatten, mit denen ihr angreifen wolltet? Wir! Die königliche Garde! Mit beinahe vierzig Geschützen! Genau wie in Novarra und Parma. Wenn wir da nicht euren Rückzug gesichert hätten, hätten sie euch in tausend Stücke gehaun! Oder in Forli, wo wir Granatwerfer einsetzen mußten, Kettenfahrzeuge und Mörser ... um euch zu retten!

Präfekt: Wir schützen euch, wir bewaffnen euch, wir rüsten euch aus ...

Signora Burgos: Wir bezahlen euch! Wenn ich an das schöne Geld denke, das mein Mann schon bezahlen mußte, um eure Strafexpeditionen zu finanzieren. Das zahlen doch alles die FIAT und wir!

Faschist: Dann wären wir also nichts wert?! Was sind wir dann eurer Meinung nach?

Antonia: Aufgeblasene Popanze!

Faschist: Keine Beleidigungen!

Antonia: Ich wollte nur sagen, was die andere denken!

Faschist. Ist es das, was ihr denkt?

Präfekt: Wenn wir euch auch nur eine Woche ohne Unterstützung ließen, würden die Arbeiter und Bauern, trotz ihrer derzeitigen Situation, moralisch am Ende wie ein alter Putzlumpen, trotz der Niederlagen, die wir ihnen in der letzten Zeit zugefügt haben, und obwohl sie keine Partei haben, die sie führt ...

Signora Burgos: Die sie zum Glück nie geführt hat ...

Antonia. Sehr richtig, Signora ...

Präfekt: Bitte! Wenn wir nicht wären, die Arbeiter und Bauern würden euch schlucken wie Hühnerklein.

Faschist: Na bitte!

Präfekt: Natürlich! Ihr wollt nicht begreifen, daß ihr

genau so lange existieren werdet, wie wir es wollen ... Ihr seid unsere Erfindung!

Antonia: Siehste: Sie sind die Puppenschnitzer und ihr seid die Marionetten. *Sie gießt sich zu trinken ein.*

Faschist: Gut zu wissen. Danke.

Präfekt. Gern geschehen!

Faschist: Ich weiß natürlich, daß ihr hofft, ihr könntet uns fallen lassen wie eine heiße Kartoffel, wenn wir unsere Schuldigkeit getan haben ...

Antonia: Das denkt übrigens auch dieser Benedetto Croce... dieser Gehirnriese aus Neapel.

Oberst: Wer, Croce? Der Philosoph der Liberalen?

Antonia: Er sagt in etwa, der bürgerliche Staat müsse sich des Faschismus bedienen, um sich von den Bauchschmerzen zu befreien, die er infolge der revoltierenden Arbeitermassen erlitten habe ...

Faschist: Wie Rhizinusöl im Grunde ...

Antonia: Ja, wie Rhizinusöl. Wenn es seine reinigende Wirkung erfüllt hat, geht es ja auch ... Sie verzeihen, Signora ...

Signora Burgos: Bütte, bütte!

Antonia: ... zum Arsch wieder hinaus und schwemmt mit sich die gesamte bolschewikische Scheiße in die Kanalisation, unter Zurücklassung eines freien und gereinigten Staatskörpers. *Hebt ihr Glas.* Zum Wohl!

Signora Burgos: Himmel, ist dieser Philosoph vulgär!

Präfekt: Ich finde seine Allegorie überzeugend.

Signora Burgos: Sagen Sie, hat deshalb Ministerpräsident Giolitti bei den letzten zwei Wahlen gestattet, daß ausgerechnet auf der Liste der Liberalen auch Faschisten kandidieren durften?

Faschist: Gewiß. Giolitti ist ein großer Drahtzieher ... Aber seid vorsichtig! Ihr könntet euch auch verschlukken, alle miteinander, an dem Rhizinus. Um gewisse Abführmittel zu verdauen, braucht man eine ausgezeichnete Verdauung ... einen kräftigen Magen ... Sie wissen, was das Bürgertum für einen empfindlichen Magen hat ... es könnte euch schlecht bekommen, das Öl ... und euch wieder hochkommen, mit sehr vielen Rülpsern ... und bei euch einen schlechten Geschmack zurücklassen!

Antonia: Also aufgepaßt und keine Rülpser!

Präfekt: Keine Sorge. Sie werden uns nicht aufstoßen!
Faschist: Hören Sie zu ... *Zieht ein Telegramm aus der Tasche.* Laut Befehl sollte ich es bis morgen geheimhalten ... aber an diesem Punkt muß ich es Ihnen vorlegen. Es ist ein Telegramm, das ich erst vor zwei Stunden erhalten habe ... aus Rom! Mussolini ist vom König mit der Bildung einer neuen Regierung beauftragt worden. Die Kammer hat heute morgen mit 350 von 500 Stimmen die Nominierung bestätigt. *Frau Burgos, die sich gerade einschenken wollte, läßt die Flasche auf den Boden fallen.*
Antonia: Da! Der erste Rülpser!
Oberst: Darf ich die Herrschaften jetzt darauf aufmerksam machen, daß die hier anwesende Dame zu uns gekommen ist, um uns mitzuteilen, daß irgendetwas am Explodieren sei ... wo auch immer? Wenn es Sie nicht interessiert, vergessen wir die Sache.
Präfekt: Um Himmelswillen ... das muß sofort geklärt werden! *Der Oberst hat unterdessen einen Wachtmeister herbeigewinkt und ihm ein Billet gegeben, auf das er etwas geschrieben hat. Er deutet dabei auf Antonia. Der Wachtmeister tritt eilig ab.*
Faschist: Was soll explodieren?
Antonia: Eine Kiste mit Dynamitstangen.
Oberst: Wo?!
Signora Burgos: Heilige Jungfrau Maria! Doch hoffentlich nicht in meiner Papierfabrik?
Antonia: Beruhigen Sie sich ... nicht dort.
Signora Burgos: Dann ist gut ...
Antonia: Es ist hier unter uns.
Gewerkschafter: Hier im Haus?!
Signora Burgos: Heiliger Himmel! Schnell raus!
Oberst: Eine Kiste Dynamit? Wo steht sie ... in welchem Zimmer?
Signora Burgos: Sie explodiert gleich!
Faschist: Ruhe! Ruhe, zum Teufel! Im Keller ... ist sie da?
Oberst: Red schon, wo ist sie?
Antonia: Hier ist die Adresse. *Sie weist einen Zettel vor.*
Oberst: Via Montenegro 21 ... aber das ist ja mehr als einen Kilometer entfernt ...
Antonia. Ja, etwa ... da steht die Kiste jetzt, aber in

wenigen Stunden wird sie hier unten reingebracht.

Präfekt: Das ist unverantwortlich! Uns einen solchen Schrecken einzujagen!

Oberst: Weißt du, wo das Dynamit deponiert werden soll?

Antonia: In welchem Zimmer weiß ich nicht ... ich weiß nur, wenn du dich nicht beeilst, wird es abgeholt und du findest nichts mehr in der Via Montenegro!

Oberst: Nummer 21, ist das nicht wo die Spinnerei stand, die abgebrannt ist?

Antonia: Genau da. Unter den Trümmern.

Präfekt: Vorsicht, Colonello! Das kann eine Falle sein! *Unterdessen ist der Wachtmeister mit einer Akte zurückgekehrt und gibt sie dem Oberst.*

Oberst: Versteht sich! Vorsicht ist die Mutter der Dynamitkiste. Aber hingehen muß jemand, um sich die Sache mal anzuschauen. *Zum Wachtmeister.* Haben Sie verstanden, um was es geht? Dann observieren Sie diese Adresse.

Wachtmeister: Zu Befehl, Colonello. Ich nehme die Feuerwerker gleich mit!

Oberst: So, dann schaun wir mal. Ich hab deine Akte kommen lassen!

Antonia: O, ist das nett! Sie haben Nachrichten über mich gesammelt?

Oberst: Sieh an, sieh an! Hier steht, du bist verheiratet mit einem gewissen Norberto, genannt Saxofon.

Präfekt: Santinoro?

Antonia: Sie sind doch nicht eifersüchtig, Herr Oberst?

Faschist: Norberto Santinoro? Ist das der von den Arbeiterräten? Einer der Anführer der Gruppe „Ordine nuovo“?

Oberst: Ja, genau der.

Präfekt: Also ein Kommunist.

Gewerkschafter: Deshalb hat es die Dame andauernd mit den Gewerkschaftern! Hat sich den Kopf verwirren lassen von diesem fanatischen Sektierer Antonio Gramsci, der nichts anderes kann als auf die Gewerkschaften zu spucken und gegen die Genossenschaften zu schimpfen. Er behauptet doch wahrlich, unsere Genossenschaften seien lediglich eine Abart des kapitalistischen Betriebs. Er nennt sie „die große Nummer im Zirkus der sozialistischen Partei“!

Präfekt *lachend:* Unter uns gesagt, damit hat er gar nicht so Unrecht, Ihr Gramsci ... *Zum Gewerkschafter* Nun sein Sie nicht gleich beleidigt!

Oberst: Gut, gut ... 1920 war Ihr Mann Rädelsfüher einer Gruppe, die Sprengkörper zur Verteidigung der besetzten Fabriken herstellte ... und heute ist er einer der Organisatoren der bewaffneten roten Garden!

Faschist. Das stimmt, diese roten Bastarde organisieren sich jetzt militärisch.

Präfekt: Diese paar Mann, eine Minipartei. Was können die ausrichten. Bei der letzten Wahl haben sie ganze 15 Sitze gewonnen.

Signora Burgos: Ja, aber es heißt, die roten Garden hätten Maschinengewehre und Granatwerfer ... Stimmt das, Signora?

Antonia: Ich weiß nicht. Ich hab keine Ahnung, was mein Mann jetzt macht. Wir haben uns schon vor einiger Zeit getrennt.

Oberst: So? *Liest in der Akte.* So lange kann das nicht her sein. Hier steht, 1918, also vor vier Jahren, wart ihr noch zusammen.

Antonia: 1918 war mein Mann im Gefängnis!

Oberst: Mag sein, aber Sie waren ihm eng verbunden. Es heißt hier, während des Prozesses gegen ihn, als das Urteil verkündet wurde, zu fünf Jahren Zuchthaus, seien Sie ohnmächtig geworden.

Signora Burgos: Arme, kleine Frau ... wie gut ich Sie verstehe ...

Oberst: Dann, ein Jahr drauf, 1919, ist er infolge der Amnestie entlassen worden und ihr habt wieder zusammengelebt.

Antonia *zu Frau Burgos:* Er ist eifersüchtig, merken Sie das? *Zum Oberst* Wegen des Kindes, ja.

Oberst: Welches Kind? Das was du schon hattest oder das was du dir gleich nach seiner Entlassung hast machen lassen? 1919 sollst du auch in die Gewerkschaft eingetreten sein.

Antonia: Ja, aber nur um nicht als Revolutionärin zu gelten.

Gewerkschafter: Hör endlich auf mit deinen Anspielungen auf die Reformpolitik der Gewerkschaften ... Ich erinnere daran, daß die Gewerkschaften geboren wurden als Spitzenorganisation der Arbeiterbewegung!

Antonia: Ja, geboren ... aber jetzt sind sie tot.

Präfekt: Lassen Sie sie sich doch gegenseitig die Kehle durchschneiden ... ich find's lustig!

Gewerkschafter: Wir und tot? Und was ist mit euch Kommunisten?

Antonia: Die Kommunisten werden als einzige noch kämpfen, wenn man euch schon lange begraben hat ... weil sie nicht zur Mäßigung aufrufen, wo Gewalt herrscht, sondern weil sie sagen, es hilft nur Gewalt, wo Gewalt herrscht. *Der Oberst, der während des Streits hinausgegangen war, kehrt zurück.*

Oberst: Wir haben sie gefunden.

Präfekt: Wen?

Oberst: Die Kiste mit dem Dynamit ... genau wo sie gesagt hat. Sie wird eben entschärft.

Signora Burgos: Sie haben sie doch nicht hierhergebracht?

Oberst: Nein, ins Zeughaus. Sie wird eben entschärft. Wollen Sie sich die Sache anschaun, Herr Präfekt?

Präfekt: Nein, bewahre! Ich vertraue Ihnen.

Antonia: Mir haben Sie nicht vertraut, hä? Ihnen mußte ich das Dynamit direkt unter die Nase halten, was?

Oberst: Wir vertrauen niemand. Das ist unser Beruf.

Antonia: Recht haben Sie ... wir sind alles Verbrecher ... Staatsfeinde ... von ein paar Ausnahmen abgesehen. Wie dieser Mussolini. Erinnern Sie sich, wie Sie ihm soviel zu trinken gaben, daß er fast ertrunken wäre?

Faschist: Wer war das, der Mussolini ertränken wollte?

Oberst: Hören Sie nicht auf sie ... sie ist verrückt.

Antonia: Er! Er hat ihn voll Wasser geschüttet. 1911. Ich war selber dabei!

Oberst *leise:* Werd nicht gemein!

Antonia: Gut, ich helf dir!

Faschist: Also was ist das für eine Geschichte mit dem Wasser?

Antonia: Das war so: der Mussolini hatte Durst ... Sie wissen, damals war grad der Krieg gegen Libyen, und er dachte andauernd an die Wüste: Wasser! Wasser!

Und der Colonello, höflich wie immer, gab ihm zu trinken.

Faschist: In Libyen? Mussolini hat den Krieg in Libyen mitgemacht?

Antonia: Mussolini hat alles gemacht!

Faschist *ergriffen zum Oberst:* Danke, Colonello, danke! Ich sehe Mussolini die nächsten Tage und werde ihn daran erinnern!

Oberst: Sagen Sie, Signora Antonia ... Würden Sie uns jetzt erklären, wieso Sie uns diese Information liefern wollten? Was steckt dahinter? Warum verraten Sie Ihre Genossen?

Antonia: Ich habe niemand verraten.

Oberst: Du willst mir doch nicht erzählen, daß du keine Genossin bist! Du bist in der kommunistischen Partei seit ihrer Gründung vor einem Jahr.

Präfekt: Seit einem Jahr also!

Oberst: Eine erbitterte Aktivistin ist sie ... Schreibt Artikel in „Ordine nuovo", ein linksradikales Blatt, verfassungsfeindlich bis dort hinaus.

Präfekt: Kennen Sie ihre Artikel?

Oberst: Einer heißt: „Das Proletariat kann das System der kapitalistischen Produktionsbeziehungen, aus denen sich seine Ausbeutung herleitet, weder beseitigen, noch verändern, ohne die gewaltsame Beseitigung der bürgerlichen Macht ..."

Antonia: Das stammt von Lenin. Ich hab es nur wiederholt!

Signora Burgos: Gewaltsame Beseitigung! Schämt ihr euch nicht, so etwas zu sagen?

Antonia: Um ehrlich zu sein, wir würden lieber Gänseblümchen verteilen ... aber ihr Bürger laßt euch ja nicht mit Gänseblümchen und Mandolinen von der Macht verdrängen.

Oberst: Wenn du für die Gewalt bist, warum bist du dann hergekommen und hast uns das Dynamit verraten?

Antonia: Weil es ein terroristischer Akt gewesen wäre ... und damit bin weder ich, noch sind meine Genossen damit einverstanden.

Oberst: Versteh ich nicht.

Präfekt: Wer steckt dahinter? Anarchisten?

Antonia: Ich glaube, da müssen Sie den Herrn dort fragen ... *Deutet auf den Faschisten.*

Faschist: Ich verwahre mich gegen derartige Verdächtigungen!

Antonia: Das ist keine Verdächtigung ... es ist nicht das erste Mal, daß ihr Faschisten Bomben legt in Polizeipräsidien, Kasernen und sonstwo, um anschließend die Schuld uns Kommunisten zuzuschieben!

Präfekt: Da hat sie Recht. Wenn Sie ein paar Dossiers sehen wollen, die kann ich beschaffen!

Faschist: Ich pfeife auf Ihre Dossiers! Wir brauchen das Licht nicht zu scheuen!

Antonia: Weil ihr nur nachts arbeitet, wie die Schakale!

Faschist: Was heißt das?! Gib Acht, sonst verschluckst du deine Zähne!

Antonia: Genau! Wenn jemand hinter euch steht, seid ihr stark. Wenn das Proletariat am Ende ist, entmutigt und zerschlagen ... dann werdet ihr zu Hyänen. Aber vor zwei Jahren, 1920, als wir die Fabriken besetzt hielten und bewaffnet waren, da habt ihr in euren Löchern gehockt, mucksmäuschenstill ...

Faschist: Das war keine Frage des Mutes ... wir hatten Befehl, nicht einzugreifen ... frag den Präfekten, ob das stimmt.

Präfekt: Es stimmt. Der Befehl kam direkt von Giolitti: Nicht eingreifen. Erst abkühlen lassen. Ich weiß noch genau, wie die gesamte Industrie zu mir kam, völlig erschüttert, und mich beschimpfte.

Signora Burgos: Ja, ich war auch hier, mit meinem Mann ... Olivetti, die FIAT, praktisch der ganze Industrieverband war da. „Wieso greift die Polizei nicht ein“, haben wir damals gefragt, „wo bleibt die Armee? Wann vertreibt der Staat endlich die Roten, die unsere Fabriken besetzt halten und uns enteignen wollen?“

Präfekt: „Ruhe, Ruhe!“ war meine Antwort.

Faschist: Unmöglich! Schaun Sie doch aus dem Fenster! Die Schornsteine, die Fabriken, alles voll roter Fahnen!

Oberst: Vor den Fahnen brauchen wir keine Angst zu haben. Was zählt, sind die Gewehre.

Faschist: Aber Gewehre haben sie auch! Und was noch

schlimmer ist: Sie beginnen, sich selbst zu organisieren! Die stehen nicht etwa rum und halten Händchen; die arbeiten! Verstehen Sie?!

Präfekt: Was heißt: Sie arbeiten?

Signora Burgos: Sie produzieren ... unsere Fabriken sind längst wieder in Betrieb ... stellen Autos her, Lastwagen, Autoreifen, Schreibpapier ...

Präfekt: Seien Sie froh darüber ... Wenn die Besetzungen vorbei sind, sind Ihre Läger gefüllt.

Signora Burgos: Ja verstehen Sie denn nicht? Die Arbeiterschaft versucht uns und in erster Linie sich selbst zu beweisen, daß sie die Produktion sehr wohl auch ohne Management und Kapitaleigner aufrechterhalten können ... Daß sie der Kern und die eigentliche Kraft der Betriebe sind ...

Faschist: Ja, und bedauerlicherweise überzeugen sie auch die sogenannte öffentliche Meinung davon, daß der Glaube, die Arbeiter seien faul und dumm, eine Erfindung ist ... Daß die Arbeiter bereit sind, zu produzieren und wie! Vor allem wenn sie sich selber als Unternehmer fühlen ... und ihnen niemand was wegfrißt!

Ein Transparent mit der Aufschrift „1920 – die Fabriken sind besetzt" senkt sich herab. Lichtwechsel. Auf den Tisch rechts wird ein Telegrafengerät gestellt. Antonia arbeitet jetzt als Telegrafendame und nimmt die Nachrichten über die Entwicklung der Streiks entgegen.

Präfekt: Bitte, meine Herrschaften, beruhigen Sie sich ... keine Hysterie!

Signora Burgos: Gehört Ihnen meine Fabrik?! Wissen Sie, daß bei uns sogar nachts gearbeitet wird? Die fahren drei Schichten! Soll man sich da nicht aufregen?

Oberst: Aber das ist doch zu Ihrem Vorteil, wenn in Ihrem Betrieb gearbeitet wird!

Signora Burgos: Nein, denn nachts stellen sie Waffen her ... für sich selber!

Faschist: In der FIAT versuchen sie sogar Panzerfahrzeuge herzustellen und Traktoren in Tanks umzubauen!

Signora Burgos: Bei Spa haben sie Bomben gebaut ...

eine einzige von diesen Bomben reicht aus, um ein Haus zu sprengen ... Wurfbomben. *Macht eine Wurfbewegung.*

Präfekt: Wir wollen nicht übertreiben ... wir haben auch unsere Informanten. Die Lage ist alles andere als tragisch. Das versichere ich Ihnen. Stimmts, Maggiore? *Er wendet sich an den Oberst, der sich mit einigen Handbewegungen zum Major degradiert und im weiteren Verlauf den Major spielt.*

Major: Gewiß doch, alles unter Kontrolle! Wir haben die Lage fest im Griff, Herr Präfekt!

Faschist: Die Arbeiter haben die besetzten Betriebe mit Stacheldraht verbarrikadiert und unter Strom gesetzt! Nennen Sie das „unter Kontrolle"?

Präfekt: Das haben sie im Krieg gelernt ... schließlich haben wir sie selbst in diese kostenlose Schule geschickt.

Major: Logisch, daß sie uns diese Lehrzeit in bar zurückbezahlen!

Signora Burgos: In den Fabriken haben sie sich mit den Anarchisten verbündet ... Sie haben regelrechte militärische Einheiten gebildet. Rote Garden heißen sie.

Faschist: Sie haben sich mit allen verbündet: Revolutionären, Radikalen, Terroristen, Lauwarmen, Katholen, Sozialisten ...

Präfekt: Das ist gefährlich ... das gebe ich zu.

Major: Es bedeutet nur, daß die Führer der richtigen Parteien und der wahren Massenorganisationen sich zur Zeit keiner großen Beliebtheit erfreuen, in den Betrieben. Die großen alten Männer der Arbeiterbewegung hätten ein solches Volksfrontbündnis nie zugelassen!

Signora Burgos: Es ist beschämend: Sozialisten machen gemeinsame Sache mit Anarchisten, Kommunisten und Arbeiterräten ... mit denselben Losungen!

Faschist: Was mich am meisten bedrückt, ist die Disziplin der Anarchisten.

Präfekt: Anarchisten und Disziplin? Unmöglich!

Faschist: Ich habe sie selbst gesehn auf Wache stehn mit umgehängtem Gewehr vor dem Stahlwerk Loi Nicolino ... zehn Schritte vor, zehn Schritte zurück ... Augen gerade aus! Parole?? Arbeiterkampf! Unter dem Kommando eines Arbeiters vom Lenkungsausschuß des Arbeiterrats.

Major: Es ist leider wahr ... selbst die Anarchisten haben die zentrale Organisation akzeptiert.

Präfekt: Das ist wirklich besorgniserregend.

Signora Burgos: Nun also: Wenn Sie besorgt sind, warum unternehmen Sie nichts, bei Gott!

Präfekt: Wir sind dabei, warum so aufgeregt ... Wir haben bereits über sämtliche Zeitungen der Linken eine strenge Zensur verhängt ... Was hier in Turin geschieht, muß isoliert bleiben ... Und in anderen Städten wie Mailand, Genua, Bologna, wo die Fabriken auch besetzt sind, hat sich ja auch nichts vergleichbares ereignet! Dort haben die Arbeiter die Produktion nicht aufgenommen, so daß die Besetzungen rein demonstrativen Charakter haben. Obstruktion, sonst nichts.

Major: Die einzige Möglichkeit ist, sie sich wieder kühlen zu lassen ... wir können nur abwarten.

Signora Burgos: Wie schön Sie das sagen ... abwarten!

Präfekt: Wir haben feste Zusagen der Arbeitskammer ... d'Aragona, einer ihrer einflußreichsten Funktionäre auf nationaler Ebene, hat uns versichert, daß sie nicht die Absicht hätten, sich über ihre ökonomischen Erfolge hinaus zu Kampfmaßnahmen hinreißen zu lassen ... eher tritt er zurück! Das heißt: Keine Revolution! Wir wollen keine Systemveränderer! Das sind gespuckt seine Worte! Wenn die Gewerkschaften eine Revolution wollen, dann eine, die von den Sozialdemokraten gesteuert werden kann.

Faschist: Ja, aber die Arbeiter machen da nicht mit. Gestern haben die roten Garden mit Waffengewalt einen Betriebsrat hinausgejagt, der den Bremser machen wollte.

Signora Burgos: Die Wahrheit ist, daß heute die Linken die Situation in der Hand haben ... Ist Ihnen bekannt, daß bei FIAT ein Arbeiter, ein gewisser Parodi, auf dem Sessel von Agnelli sitzt und anordnet, verfügt, Befehle gibt? Er soll nachts sogar schlafen auf Agnellis Sessel ...

Präfekt: Also gut, erlauben Sie mir ein kleines Telefonat an dieser Stelle. Danke. *Er nimmt den Telefonhörer.*

Den Chef der Arbeitskammer bitte. *Auf der anderen Seite der Bühne, wo Antonia und der Gewerkschafter sitzen, klingelt das Telefon. Der Gewerkschafter hebt ab.*

Gewerkschafter: Hallo? Guten Morgen, Herr Präfekt ...

Präfekt: Ein schöner Schlamassel, in den Ihre Kollegen von der Metallgewerkschaft uns reingerissen haben, mit ihrem Aufruf, die Fabriken zu besetzen!

Gewerkschafter: Verzeihung, Herr Präfekt, aber den Schlamassel haben Ihre Freunde vom Industrieverband Gesamtmetall angerichtet mit der Aussperrung der Arbeiter ...

Präfekt: Ich habe keine Freunde bei der Industrie ... nur ein paar Verwandte, wenn Sie das meinen.

Gewerkschafter: Jedenfalls ist es die Unternehmerseite, mit ihrer engstirnigen Politik der angeblich nicht konjunkturgerechten Lohnforderungen und das, nachdem sie sich den Bauch vollgeschlagen haben während des letzten Krieges, wie die Haifische. Immer nur den höchsten Profit wollen sie! Nur nicht nachgeben!

Präfekt: Sind wir auf einer Betriebsversammlung? Ich bitte Sie? Was greifen Sie mich an?

Gewerkschafter: Herr Präfekt, Sie wissen, wir vom geschäftsführenden Hauptvorstand sind immer entschieden gegen unkontrollierte und unkontrollierbare Kampfmaßnahmen gewesen ... Ich erinnere nur daran, daß wir es waren, die noch vor vier Monaten, während des Generalstreiks hier in Turin, den Nationalkongreß der Gewerkschaften nach Mailand verlegt haben, eben weil dort nicht gestreikt wurde! Und das alles erklärtermaßen, um zu vermeiden, daß die Delegierten aus allen Teilen Italiens hier in Turin eben nicht in Berührung mit der hiesigen Industriearbeiterschaft kamen und vor allem nicht mit ihren revolutionären, kommunistischen und unversöhnlichen Ideen! Wir haben Ihnen damals erhebliche Scherereien erspart! Wir haben alles getan, um Turin total zu isolieren, damit der Streik sich nicht über das ganze Land ausbreiten konnte! Wenn Sie das bitte nicht vergessen würden!

Präfekt: Nein, das vergessen wir Ihnen nicht ... aber gerade weil Sie ein verantwortungsbewußter Mann sind, Signor Colombetto, der über einen gesunden Menschenverstand verfügt ... Sie müssen versuchen, die Situation wieder in den Griff zu bekommen ... Es bleibt uns sonst nichts anderes übrig, als das Problem mit Waffengewalt zu lösen.

Gewerkschafter: Das wäre die größte Dummheit! Gestatten Sie mir, das zu sagen, Herr Präfekt. Damit erreichen Sie nur, daß ganz Italien so wird wie Turin, daß auch Mailand, Bologna, Neapel und Genua die Fabriken in Arbeiterverwaltung übernehmen. Ist Ihnen klar, was das bedeutet? Daß in Zukunft die gesamte sozialistische Bewegung direkt von der Arbeiterschaft bestimmt wird ... von Arbeiterräten ... und nicht mehr von uns Partei- und Gewerkschaftsführern! Dann habt ihr den Schwarzen Peter! Ihr ganz allein! Wir können dann nichts mehr machen! Das ist die Revolution!

Präfekt: Na, na ... wir sind doch nicht in Rußland. Also gut: Sie halten mich jedenfalls auf dem Laufenden ... Leben Sie wohl ... und eine Empfehlung an die Frau Gemahlin. *Er legt auf.*

Major: Ist sein Blutdruck sehr hoch?

Präfekt: Ich hab ihm voll die Meinung gesagt ... es nutzt nichts ... sie sind genauso in Sorge wie wir.

Major: Also stehn wir weiter herum mit leeren Händen?

Präfekt: Manche Schlachten gewinnt man durch Nichtstun.

Major: Die Theorie von Giolitti!

Signora Burgos: Nur, daß wir nicht mehr 1917 sind ... diesmal greifen sie wirklich an ... sie sind zum Letzten entschlossen, diesmal.

Präfekt: Das ist doch alles Gerede .... es reicht nicht, daß sie zu allem entschlossen sind. Sie brauchen Anführer, Kader, eine Organisation ... und die sind so wenig entschlossen, wie ein Sack Dörrpflaumen. Die Revolution zitieren die Parteiführer nur in ihren Reden am ersten Mai und auf Wahlkundgebungen ... aber jetzt, wo's um die Wurst geht ... jetzt, wo sie tatsächlich die Verantwortung übernehmen müßten, diese beginnende Revolution zu führen, machen sie schlapp. Die einen wie die anderen, Partei und Gewerkschaften, weil sie beide die Hosen voll haben!

Faschist: Da, sehen Sie ... jetzt haben Sie's zugegeben, daß es ernst ist ...! *Antonia überträgt weiterhin die Nachrichten, die über den Telegraf laufen. Der Major nimmt eines der Blätter und liest.*

Major: In Genua und Livorno haben auch die Hafenarbeiter die Arbeit niedergelegt ... Auf der Werft der Ansaldo haben sie ein Schiff auf Kiel gelegt, gegen die Anweisungen der Metallgewerkschaft.

Antonia *liest vor:* Das Schiff soll auf den Namen Lenin getauft werden ... die Eisenbahner unterstützen die Fabrikbesetzungen und boykottieren den Transport von Polizeieinheiten aus Süditalien in den Norden. *Das Telefon auf dem Tisch des Faschisten läutet. Der Major hebt ab.*

Major: Die Arbeiter, die die Breda-Betriebe in Mailand besetzt halten, haben die Produktion auf eigene Rechnung aufgenommen und arbeiten volle Schicht.

Antonia *liest vor:* Buozzi von der Gewerkschaftsföderation hat seine Zustimmung gegeben, die Produktion in einigen besetzten Fabriken der Lombardei aufzunehmen. In Wirklichkeit hätten die Arbeiter dieser Betriebe die Arbeit schon vor zwei Tagen aufgenommen, ohne die Einwilligung der Gewerkschaftsführung abzuwarten.

Signora Burgos: Da! Da haben Sies, wohin ihre Nachgiebigkeit führt ... laßt sie erst mal Dampf ablassen! ... der ganze Kochtopf explodiert!

Präfekt: Diese Dinge haben keine Bedeutung: Spätestens in ein paar Tagen sind die Rohstoffe alle: Die Kohle, der Spezialstahl ... dann sind sie blockiert und schnappen nach Luft ... dann ist Schluß mit der Produktion! *Abermals klingelt das Telefon. Der Major hebt ab.*

Major: Die Stahlwerke in Ilva und Terni sind von ihren Arbeitern besetzt worden ... Sie produzieren bevorzugt Profileisen und Spezialstahl für die Fabriken im Norden, deren Reserven zur Neige gehn.

Antonia *liest:* Steinkohlenzüge, die vom Brenner auf dem Weg nach Brescia waren, sind nach Mailand und Turin umgeleitet worden, um die besetzten Betriebe zu beliefern.

Faschist: Diese Schweine! Haben sich abgesprochen.

Antonia *liest:* Die Beschäftigten der nicht besetzten Industrien zahlen freiwillig eine Abgabe von mindestens einer Lira pro Tag, zur Unterstützung der Fabrikbesetzer.

Signora Burgos: Mir wird übel! Jetzt unterstützen sie sich auch noch gegenseitig!

Antonia *liest:* In nur fünf Tagen wurden bisher fünf Millionen gesammelt.

Präfekt: Das wird nicht reichen, um die Löhne für 600.000 zu bezahlen.

Faschist: Was? Schon 600.000, die die Fabriken besetzen?

Major: Gewiß! Und es werden täglich mehr!

Signora Burgos: Allein hier in Turin sind es schon über 100.000!

Präfekt: Die möchte ich erst einmal am kommenden Samstag sehen, wenn's keinen Lohn gibt ... nur die paar Groschen von der Roten Hilfe ...

Antonia *liest:* Die französischen und deutschen Arbeiter sammeln für ihre kämpfenden italienischen Genossen. Bisher sind ca. eine halbe Million Francs und acht Millionen Mark eingetroffen.

Präfekt: Kunststück, bei der Inflation in Deutschland.

Signora Burgos: Jetzt schaun Sie nur mal aus dem Fenster: Da, auf den Fabriken ... diese Fahnen ... ein einziges rotes Meer! Lauter rote Fahnen! Und Sie sagen, die könnten einem keine Angst machen!

Präfekt: Ein bißchen linke Folklore! Sonst nichts!

Signora Burgos: Wenn das Folklore ist, habe ich Angst vor dem Volk!

Präfekt: Gewiß, gewiß, sie sind moralisch ein bißchen aufgeladen ... diese Drecksäcke.

Faschist: Und was macht die Regierung? Schlafen die?

Antonia *liest:* Gespannte Situation auch in Brescia ... die staatlichen Eisenbahnwerkstätten besetzt ... der Präfekt fordert Entsendung von 500 Soldaten ... Der Situation sofort Einhalt gebieten ... Livorno benötigt 1.500 Soldaten ... Neapel 2.000, Bologna und Genua 3.000.

Präfekt: Wir in Turin haben 3.000 erbeten, sie haben uns 500 gesandt ... 500 Gebirgsjäger, fast alle noch in der Grundausbildung.

Major: Um allen Anforderungen nachzukommen, müßten 300.000 Mann einberufen werden ... die Hälfte davon wären Arbeiter ... dieselben, die die Fabriken besetzt halten!

Präfekt: Das wär was ... wir ziehen sie ein ... bewaffnen sie ... und lassen sie auf uns schießen.

Antonia *liest:* Die Gebirgsjäger Standort Turin verweigern den Befehl, die Fabriken abzuriegeln und fraternisieren mit der Arbeiterschaft ... zahlreiche Soldaten haben ihre Schußwaffen und einige Maschinengewehre an die Arbeiter ausgehändigt ...

Präfekt: Großer Gott, die Gebirgsjäger sofort austauschen!

Major *am Telefon:* Schicken Sie Bersaglieri ... ja ... ein Bataillon ... aber möglichst nur Bauernjungens ... Es sind auch Arbeiter dabei? Macht nichts ... der Bersagliere ist eine treue Truppe ...

Faschist: Fragt sich, wem er treu ist ...

Antonia *liest:* Die Bersaglieri fraternisieren ebenfalls mit der Arbeiterschaft ... Sie geben ihnen Waffen, Munition und Wolldecken.

Präfekt: Sofort zurückziehen! Ersetzt sie durch sardische Kanoniere ... die fraternisieren nicht mit Italienern.

Major *ins Telefon:* Ja, ja! Sardische Kanoniere! Aber rasch, wenn ich bitten darf!

Antonia *liest:* Sardische Kanoniere eingetroffen: Von der Bevölkerung mit Jubel empfangen ... Arbeiter sardischer Abstammung haben mit ihnen Kontakt aufgenommen ... Einladungen zum Essen in die Werkskantinen ... Teilnahme an Betriebsversammlungen ... Während Betriebsversammlung Überfall durch zwei Lastwagen mit Faschisten ... Schießerei ... sardische Soldaten schließen sich kämpfenden Arbeitern an ... feuern mit Schnellfeuerwaffen auf die Lastwagen, 30 Verletzte, zwei tote Faschisten ... in Wahrheit Angehörige der königlichen Garde als Faschisten verkleidet.

Faschist: Kann man in diesem verdammten Land denn keinem mehr vertrauen!?

Signora Burgos: Warum greifen Sie nicht ein: die Carabinieri?!

Major: Das nutzt gar nichts ... wir mit unseren drei Männeken ... haben Sie eine Vorstellung, wieviel Leute wir bräuchten? Eine Armee! Sobald wir eingreifen ... wenn wir jetzt anfangen zu schießen ... ziehen wir sofort den Kürzeren ... wir müßten den gesamten Süden mobilisieren und unsere Leute dort abziehen ... Wenn wir das machen, steht uns ein Bauernaufstand ins Haus.

Präfekt *verliest eine Meldung, die Antonia ihm übergeben hat:* In Apulien wird bereits gestreikt ... Dort haben wir jetzt auch das Kleinbürgertum gegen uns ... Die Beamten und Angestellten, die bisher unentschlossen waren und nicht wußten, wohin sie gehören! Glauben Sie mir! Wir haben keine andere Wahl ... das einzige was wir tun können ist, uns nicht von der Stelle zu rühren und so tun, als wären wir unbesorgt ... selbstsicher und stark ... *Das Telefon auf dem Tisch des Faschisten klingelt. Am anderen Ende der Leitung steht der Gewerkschafter.*

Major: Für Sie, Herr Präfekt. Der Sekretär der Arbeitskammer ...

Präfekt: Ah! Lieber Freund! Was gibts Neues?

Gewerkschafter: Was soll ich Ihnen sagen ... Solange die Unternehmer an ihrer Strategie des alles oder nichts festhalten, arbeiten Sie den Linksextremisten in die Hände ... selbst Funktionäre haben sich schon umstimmen lassen ... gestern behaupteten sie öffentlich, die Situation sei objektiv revolutionär!

Präfekt: Das sagt sogar Lenin.

Gewerkschafter: Ja, in Rußland, das glaube ich gern.

Präfekt: Nein, auch in Italien, sagt er ... und davon versteht der was.

Gewerkschafter: Hören Sie zu, Herr Präfekt ... es ist jetzt Ihre Aufgabe, alle Ihre Überredungskunst einzusetzen, aber bei der Unternehmerschaft ... wir sind bereit zu verhandeln. Aber die Unternehmerschaft muß auch ihre Konzessionen machen ... *Der Präfekt hält den Höher an das Ohr von Signora Burgos* ...wobei es sich, unter uns gesagt, nur um Nebensächlichkeiten handelt.

Signora Burgos: Ich weiß, Sie fordern nicht mehr und

nicht weniger als die Mitbestimmung der Beschäftigten über Produktion und Investitionen.

Gewerkschafter: Signora! Ein Tarifvertrag ist eine Sache! Seine Anwendung ist etwas ganz anderes.

Signora Burgos: Sie fordern aber auch eine Lohnerhöhung von drei Prozent und die Zusage, daß niemand entlassen werden darf.

Gewerkschafter: Eine rein formale Forderung.

Major: Was die wirklich gefährlichen Elemente betrifft, da kümmern wir uns schon drum ... ein paar tausend Verhaftungen kann uns niemand verwehren, nach dem Theater, was wir erlebt haben ...

Faschist: Wir Faschisten sind ja auch noch da ... diese elenden Bolschewiken! Wir werden ihnen die Angst, die wir in diesen Tagen erleben mußten, ins Maul stopfen, daß sie daran ersticken!

Signora Burgos: Gut ... wir sind einverstanden. Aber macht rasch. Überzeugt diese entsetzlichen Ungeheuer, daß sie endlich unsere Fabriken wieder freigeben müssen.

Gewerkschafter: Seien Sie unbesorgt, Signora. Wir tun unser Bestes!

Major: Nicht umsonst nennt man die Gewerkschaften ja auch die Feuerwehrleute der proletarischen Glut!

Präfekt: Keiner erstickt das Feuer so glänzend wie sie!

Antonia *liest:* In Mailand treten in diesem Augenblick die Vertreter der italienischen Gewerkschaftsföderation zusammen ... 920 Delegierte aus ganz Italien, davon 130 der sozialistischen Partei!

Präfekt: Aber nur als Beobachter!

Antonia: Nein, mit vollem Stimmrecht.

Major: Das ist gut. Dann trägt die Partei die Verantwortung, egal, wie es ausgeht.

Antonia *liest:* Es ist soweit! Soeben beginnt die Abstimmung. Die Frage lautet, ob die Fabrikbesetzungen weitergehen und auf alle Industriebereiche ausgedehnt werden sollen, um damit auch andere gesellschaftliche Gruppen in den Kampf einzubeziehen, wie Bauern und Landarbeiter, den Mittelstand und das Heer mit seiner proletarischen Basis ...

Gewerkschafter: So lautet der Antrag der Linksextremisten aus Bologna und Mailand.

Antonia: Oder ob ein Kompromiß geschlossen werden soll, ohne Blutvergießen, der für die Arbeiterklasse sehr ehrenwert wäre, bei gleichzeitiger Verschiebung weiterer revolutionärer Aktionen auf bessere Zeiten.

Gewerkschafter: So lautet der Antrag des gemäßigten Flügels!

Antonia: Die Abstimmung ist im Gange!

Signora Burgos: Oh, lieber Gott im Himmel, mach, daß die Reformisten gewinnen!

Antonia *liest:* Es gewinnt der Antrag des gemäßigten Flügels mit einer Mehrheit von 181 Stimmen!

Signora Burgos: Die Bourgeoisie hat gesiegt!

Präfekt: Das Kapital ist gerettet!

Faschist: Die Arbeiterbewegung ist tot!

Major: Die rote Fahne ist ein Putzlumpen!

Signora Burgos: Da! Aus dem Fenster! Schaun Sie! Die roten Fahnen werden von den Schornsteinen geholt, das Volksfest ist zu Ende! *Alle sind ausgelassen, öffnen Flaschen, gießen sich ein und stoßen an.*

Präfekt: Sie haben's erlebt! Ohne einen Schuß zu vergeuden! Giolitti hat Recht behalten.

Major: Er ist eben ein alter Fuchs.

Signora Burgos: Trotzdem, die Angst, die wir ausgestanden haben!

Faschist: Jetzt die Ärmel aufgekrempelt und auf sie mit Gebrüll! *Antonia hat die Kopfhörer abgesetzt. Sie ist überrascht, ihr Gesicht drückt Widerwillen aus, ins Leere gerichtet.*

Antonia: Da ist nichts zu machen, was uns fehlt, ist die Partei! Eine kommunistische Partei! *Lied Antonias und der Arbeiter, die im Hintergrund der Bühne aufmarschieren – die roten Fahnen wie Lappen in den Händen. Die erste Strophe singen Antonia und die Arbeiter zusammen. Dann geht Antonia an die Rampe und spricht simultan ihren Text. Anschließend tritt sie wieder zurück und singt den Schluß des Liedes wiederum mit den Arbeitern.*

Lied *zur Melodie „In Mantua in Banden", als Arbeiterlied in „Lieder gegen den Tritt", Asso Verlag Oberhausen 1974:*

So haben wir verloren, den Kampf auch dieses Mal
verraten und betrogen, im Kampf auch dieses Mal.

Von unsern eig'nen Führern,
von unsrer eigenen Partei!
Wir sind nur Hohn und Spucke in ihrem großen Maul,
wir sind die Arbeitsleute und hauen sie auf's Maul!

Die Macht der Unternehmer ist tausend Jahre alt.
Die bürgerliche Klasse, sie ist am Ende bald.
Nein, nein, Genossen, dreimal nein!
Der Kampf, der Kampf, der hört nicht auf!
Wir sind die neue Klasse, wir wollen die Partei,
die uns zum Kampfe führt und siegt und ohne Heucheleil!

Sie braucht nicht nur die Herzen, braucht all unsern Verstand.
Sie brauch all unser Wissen und unsern Widerstand.
Wir wollen keine Duckmäuser,
wir wollen keine Despotie!
Solang in uns noch Leben ist, hört unser Kampf nicht auf!
Solang es Herrn und Knechte gibt,ergeben wir uns nie!

Antonia *gleichzeitig:* Noch einmal haben wir verloren, fallengelassen von unsern Anführern, wie Spucke im Sand. Die Erfahrung der Herrschenden ist 10.000 Jahre alt, sie zu besiegen eine Utopie, eine unglaubliche Hoffnung. Was wir brauchen, ist die Partei. Eine Partei, mit all unserm Wissen! Hört nicht auf, zu lernen, denn die Partei braucht all unser Wissen! Hört nicht auf zu diskutieren, denn die Partei braucht all unsere Kritik, keine Speichellecker und Duckmäuser, keinen billigen Gehorsam!

Das Schild mit der Aufschrift 1922 wird wieder heruntergelassen; das Schild mit der Aufschrift 1920 wird hochgezogen. Der Major verwandelt sich zurück in den Oberst.

Oberst: Tja, liebe Freunde, von jetzt an bitte ich Sie, mich nicht weiter mit irgendwelchen historischen Einschüben und Ausflügen zu unterbrechen ... Ich möchte Sie mit einem Spielchen unterhalten, das man nicht oft erlebt.

Signora Burgos: Wie heißt das Spiel?

Oberst: Wer andern eine Grube gräbt, fällt selbst hinein.

Antonia: Soll das eine Anspielung sein?

Oberst: Erraten! Einer unserer unschätzbaren Informanten, dessen Namen ich hier verschweigen darf ... nicht zuletzt, weil er Aktivist in der Partei der hier anwesenden jungen Dame ist und weil eben diese Partei dem bedauerlichen Laster huldigt, unsere Informanten wortwörtlich kaltzustellen, sobald ihr Name bekannt wird ... nun gut, eben dieser Informant hat uns soeben gemeldet, daß die Operation „Besuch im Polizeipräsidium" der geschätzten Genossin Antonia Berazzi und ihr Bombengeflüster vom verantwortlichen Leiter der militärischen Organisation ihrer Partei angeordnet wurde.

Präfekt: Kurz und gut, die Sprengstoffanzeige verfolgte nur den Zweck, gewissermaßen als trojanisches Pferd, in unsere Versammlung hier einzudringen, um durch gezielte Provokation Informationen über unsere operativen Absichten zu bekommen ... die Bündnisse, die wir jetzt eingehen ... neue Programmschwerpunkte.

Faschist: So! Deshalb die ständigen Provokationen dieser Dame ...

Signora Burgos. Sie wollten uns zum Reden bringen ...

Faschist: Wir sollten uns zu streiten beginnen ... und wir Einfaltspinsel sind drauf reingefallen ...

Oberst: Ich habe gleich empfohlen, sich nicht zu streiten!

Faschist: Diese elende Nutte!

Signora Burgos: Ich bitte Sie ... ich bin streng katholisch! Außerdem leite ich ein Institut für die Verwahrung und Betreuung solcher Frauen! Sie werden sich jetzt doch nicht gehen lassen?

Oberst: Nein! Schon wegen dem Dynamit. Wir verhaften dieses Schlauköpfchen wegen unerlaubtem Sprengstoffbesitz.

Präfekt: Es wird nicht schwer sein, ihr noch ein Dutzend weitere Verbrechen nachzuweisen ... das kriegen wir schon hin ... diese fanatische Kriminelle ...

Signora Burgos: Wenn ich dran denke, daß ich vorhin fast schon so etwas wie Sympathie für sie empfand ... diese verlogene Schlampe!

Antonia: Signora, denken Sie an ihre Schützlinge! *Der*

Wachtmeister tritt ein.

Oberst: Was gibts?! Sind wir hier im Wartesaal ... wo jeder rein- und rausrennt?

Wachtmeister: Signor Colonello ... ich habe mir erlaubt ... ich dachte, es wäre ... ich wollte sagen ...

Oberst: Nun sag schon, was gibts?!

Wachtmeister: Wir haben 21 Leichen gefunden.

Oberst: Wo?

Wachtmeister: In Guandra. Wissen Sie, draußen am Stadtrand, wo die Müllkippe ist. Alle erschossen.

Oberst: Erschossen? Was für Leute? Hatten sie Papiere bei sich?

Wachtmeister: Hier sind sie. *Er übergibt dem Oberst einen Stoß Ausweispapiere.* Fast alles Arbeiter ... zwei waren Studenten ... 16 sind Mitglieder der kommunistischen Partei. Der Amtsarzt meint, sie wären höchstens seit 15 Stunden tot.

Präfekt: Also heut nacht.

Antonia *ängstlich:* Entschuldigen Sie, Signor Colonello..

Präfekt: Gibt es Verdächtige? Wer war es?

Wachtmeister: Es scheint, daß die Täter Faschisten waren.

Oberst: Bist du still!

Antonia *aufgeregt:* Bitte, Signor Colonello ... schaun Sie nach, ob zwischen den Papieren nicht zufällig ...

Oberst: Du bist auch still!

Faschist: Warum so aufgeregt, Signor Colonello? Haben Sie Angst, daß wir diese roten Schweine umgebracht haben könnten? Wollen Sie uns decken? Vielleicht, weil es Ihnen leid tut, daß Sie sich nicht mit der Sache brüsten können?

Oberst: Wir brüsten uns nie mit einem derartigen Mord! Das ist die Art von Banditen! Hier ist das Protokoll ... mit zahlreichen Zeugenaussagen. Ihr habt sie Haus für Haus abgeholt *liest im Protokoll* einen nach dem anderen ... mitten in der Nacht ... im Schlaf habt ihr sie umgelegt ... abgeschlachtet, wie Vieh!

Faschist: Natürlich! Genau, wie sie es verdienen!

Antonia: Ich bitte Sie, Signor Colonello ... sagen Sie mir ...

Faschist: Selbstverständlich, ihr zieht es vor, eure Massaker am hellichten Tage zu veranstalten ... möglichst auf offener Straße ... ihr erschießt unschuldige Bürger ... rein zufällig!

Präfekt: Nur wenn wir glauben, in Notwehr zu handeln ...

Faschist: Verzeihen Sie, ich ziehe unsere Methode vor ... damit jeder weiß, wer die Täter waren und, wie Mussolini sagt, unterschrieben mit dem Blut der Erschlagenen ...

Antonia. Signor Colonello ... lassen Sie mich hier nicht vor Angst krepieren ... Ich will es lieber gleich wissen ... Ist mein Mann dabei? Er ist heute nacht nicht zum Schlafen nach Hause gekommen.

Oberst: Ja, er ist dabei ... tut mir leid, wirklich, hier ist sein Personalausweis und auch sein Parteibuch. Aber vielleicht liegt eine Verwechslung vor ... bisher ist er noch nicht identifiziert worden.

Wachtmeister: Verzeihung, Signor Colonello, der da ist bereits identifiziert ... seine Mutter hat ihn im Leichenschauhaus besichtigt.

Oberst: Idiot!

Gewerkschafter: Arme Frau ... gestatten Sie ihr wenigstens hinzugehn, damit sie ihren Mann noch einmal sehen kann ...

Oberst: Das geht jetzt nicht ... sie ist in Haft ... erst muß das Protokoll ...

Antonia: Schau mir in die Augen ... Du dreckiger Mörder! Wiederhol, was du gesagt hast ... Wenn es stimmt, daß du meinen Mann ermordet hast!

Faschist: Ja. Ich geb es zu; ich bins gewesen ... aber ich begreife Ihren Schmerz und verneige mich ...

Antonia: Du verneigst dich? *Zieht eine Pistole aus ihrer Handtasche und feuert das Magazin leer.* Dann verneig dich! *Der Faschist bricht durchlöchert zusammen.*

Signora Burgos: Hilfe! Sie will uns umbringen!

Oberst: Dieses Miststück ... verdammtes!

Wachtmeister *packt sie bei den Schultern und entringt ihr den Revolver:* Menschenskind, sie hat das ganze Magazin abgefeuert! *Er hält den Revolver hin, dann legt er ihr Handschellen an.*

Oberst: Umgebracht hat sie ihn ... einfach kaltgemacht!

Signora Burgos: Ich hab es Ihnen gesagt, daß sie eine gemeine Verbrecherin ist ... mein Gott, mir ist schlecht!

Präfekt: Verdammt noch mal ... es ist aber auch Ihre Schuld, Oberst, lassen sie hier herein, ohne Durchsuchung. Wissen, daß sie eine Terroristin ist und schaun ihr noch nicht einmal in die Handtasche. Wo sind wir denn?

Oberst: Zugegeben, Herr Präfekt ... das Dumme ist nur, daß ich sie kenne ... oder wenigstens glaubte ich, sie zu kennen ... sie war früher ein Gänschen ... völlig harmlos. Und jetzt schaun Sie sich das an ... Jetzt bringt sie einen um, selbst wenn er Faschist ist, als wenn's gar nichts wäre!

Gewerkschafter: Als wenns gar nichts wäre? Er hat ihren Mann ermordet! Wissen Sie was? Auch wenn sie mich vorhin beleidigt hat. Sie hat meine ganze Hochachtung ... Gut gemacht, Genossin! Und ich sage schon heute, wenn ihr der Prozeß gemacht wird, werde ich bezeugen, daß der da sich damit gebrüstet hat...

Oberst: Sie sagen gar nichts ... Sie werden nichts zu bezeugen haben.

Gewerkschafter: Wieso? Soll das eine Drohung sein?

Oberst: Hören Sie, ich habe Verständnis dafür, daß Sie als Gewerkschafter gegenüber der Arbeiterklasse einen Schuldkomplex haben, den Sie gerne durch das heldenhafte Opfer einer solchen Zeugenaussage abreagieren würden ... wir nicht ... wir haben keine Komplexe.

Präfekt: Wir können nicht zulassen, daß auch nur das kleinste Gerücht entsteht, im Polizeipräsidium sei ein Mord an einem hohen Tier der faschistischen Partei verübt worden ... vor unseren Augen ...

Oberst: ... wegen unseres unverantwortlichen Leichtsinns.

Signora Burgos: Ausgerechnet jetzt, wo wir diesem Mussolini die gesamte Macht übertragen haben. Er soll ja so rachsüchtig sein.

Gewerkschafter: Da ... schon kommt Ihnen das Rhizinusöl hoch!

Signora Burgos: Was schlagen Sie vor?

Oberst: Als erstes *zum Wachtmeister* stell dich vor die Tür draußen und laß keinen rein. Dann den Teppich. Da wickeln wir ihn rein. Heut nacht bringt ihr ihn dann mit dem Lastwagen raus.

Wachtmeister: Zu Befehl, Herr Oberst! *Ab.*

Präfekt: Gute Idee ... Wenn er gefunden wird, denkt jeder automatisch an eine ganz normale Abrechnung zwischen verfeindeten extremistischen Gruppen.

Oberst: Genau. Schwamm drüber!!

Signora Burgos: Ja, aber, auf diese Weise ... geht diese Verbrecherin leer aus ...

Präfekt: Was soll's? Es stehen höhere Interessen auf dem Spiel als einmal lebenslänglich Zuchthaus ... Positionen ... auch Ihre Sicherheit, Signora Burgos ... ganz zu schweigen von der unseres Herrn von den Gewerkschaften!

Signora Burgos: Das beruhigt mich nicht ... diese Fanatikerin erzählt die Sache weiter, nur um uns zu ruinieren.

Oberst: Daran hatte ich nicht gedacht!

Antonia: Nein, seien Sie unbesorgt ... ein solches Verhalten wäre wirklich verrückt und reiner Selbstmord ... ich habe noch nie einen solchen Wunsch gehabt, zu leben, wie eben jetzt ... ich werde mich an mein Leben klammern mit sämtlichen Klauen und Zähnen ... um am Leben zu bleiben ... um zu ... um ... Nie wieder werde ich mich vom Zorn hinreißen lassen ... nein, nur noch vom Gehirn ... alles durchdacht ...alles erwogen, aufgeschrieben und gedruckt wie in einem Buch, bevor ich auch nur einen Finger rühre ... Es war ein Fehler, den da umzubringen ...

Signora Burgos: Nur gut, daß sie bereut!

Antonia: Euch alle hätte ich umbringen müssen!

Signora Burgos: Mein Gott, welche Reue!

Antonia: Den Hund habe ich ermordet, statt des Herrn! Aber was solls. Es wäre völlig sinnlos, euch umzubringen.

Signora Burgos: Das beruhigt mich.

Antonia: Sie umzubringen, Herr Präfekt, oder Sie, Signor Colonello, oder diese Industriefürstin, damit erledigt sich gar nichts ... nicht einmal dich zu bespucken und zu beleidigen, wie ich's vorhin getan habe, Genosse Gewerkschafter. So toben Idioten, Fanatiker, Schwätzer. Ich entschuldige mich bei dir. Es nutzt nichts, euch drei umzubringen, alle muß man zerstören ... alle tausend, zweitausend, zehntausend, die ihr seid ... Bosse, Banditen und Ausbeuter! Alle die Zehntausend, die ihr auf den Schultern von Millionen und Abermillionen Unglücklichen hockt und ihnen die Kehle zudrückt. Dieses Gerede von der politischen Kriminalität ... es ist zum Lachen! Jeden Augenblick begeht ihr einen Raub, ohne auch nur zu sagen: „Hände hoch!" ... jede Minute mit Waffengewalt ... und jede Minute mordet ihr! Wenn die Betrogenen das begreifen ... genügt ein Kopfschütteln, mein Gott! Ihr alle miteinander, samt euren Steigbügelhaltern *sie deutet auf den Oberst und den Präfekten* ZACK! *Macht mit der Hand die Bewegung des Köpfens.* Nicht einen von euch werden wir verschonen ... ZACK! *Macht wiederum die Handbewegung des Köpfens.*

Signora Burgos: Sie ist erregt ... aber jetzt übertreibt sie ein bißchen!

Antonia: Bis zum letzten ... diesmal gibt es keine Halbheiten ... und werft uns ruhig ins Gefängnis ... wir werden dort stärker werden ... lernen uns organisieren ... immer stärker wird unsere Partei werden!

Präfekt: Sollte man sie in ein anderes Zimmer bringen?

Oberst: Hören Sie nicht hin.

Antonia: Wenn der Moment kommt ... werden wir uns wie Stiere auf euch stürzen! ZACK! Und macht euch ja keine Illusionen ... es wird nie wieder so sein, wie 1917, 1919, 1920 ... wo wir zusehen mußten, wie all unsere Kämpfe zusammenbrachen ... nein! Diesmal lassen wir uns nicht die Hosen ausziehen. Das ist keine revsionistische Partei mehr, die uns führt! Jetzt haben wir eine Kommunistische Partei, die wahrhaft revolutionär ist, mit Parteiführern, die fest zu uns halten ... die uns nicht zurückzuhalten versuchen und die mit uns in die Gefängnisse gehen ... bis zum letzten. Und wenn noch jemals einer der Unsrigen das Maul aufreißt ... zu uns kommt und sagt, man könnte vielleicht auch schrittweise das Ziel erreichen... die Unternehmer mit gesenktem Kopf vom Sessel reißen ... daß es ausreicht, scheibchenweise an die Macht zu kommen und gemeinsam mit der Bourgeoisie zu regieren, dann ... heißt es auch gegenüber den eigenen Leuten: ZACK!

Signora Burgos: Ich langweile mich!

Antonia: Wenn noch jemals einer den Arbeitern sagt... „bewahrt Ruhe ... habt Geduld ... laßt die Gewalt ungerührt über euch ergehen, vor allem die der Faschisten ... sich dagegen aufzulehnen wäre nur im Sinn der bürgerlichen Presse ... die sofort über euch herfallen würde, wenn wir uns gegen die faschistische Gewalt zur Wehr setzen". Sollen wir lernen zu blöken, wie die Schafe? Den Faschisten Blümchen streuen und Reigen tanzen? Um den Rechten keinen Vorwand zu liefern, die Repression zu verstärken? Immer schön legal bleiben ... aber wessen Recht ist es, dem wir uns unterwerfen sollen? Das Recht des Kapitals und der Unternehmer! Nein! Wer so zu uns spricht ... der ist ein Verräter, der ebenfalls zerschlagen gehört ... ZACK!

Präfekt: So langsam geht sie mir auf die Nerven ... dies Gerede regt mich auf!

Antonia: Natürlich geh ich euch auf die Nerven, weil ihr wißt, daß dieser Tag kommen wird ... das Volk hat gelernt zu warten ... wir warten seit zehntausend Jahren ... was sind zwanzig, fünfzig, hundert Jahre, die wir noch warten müssen.

Wenn erst dieser Faschismus, dem ihr selbst auf die Füße geholfen habt, euch Magenschmerzen verursacht ... wenn er euch nichts mehr nutzt ... dann werdet ihr zu uns kommen, daß wir euch helfen, ihn zu zerschlagen ... und wir jawohl! ... wir werden aus den Zuchthäusern und Konzentrationslagern kommen, aus euren Zuchthäusern, und euch helfen ... *Von links treten alle verfügbaren Schauspieler auf. Sie tragen Blaumänner.* Aber glaubt mir nur eines: Wir werden alles dransetzen, um nicht nur den Faschismus zu vernichten, sondern gleichzeitig auch euch, aus deren Schoß er gekrochen ist ... es macht nichts, wenn wir es nicht beim ersten Mal schaffen ... wir werden es immer wieder versuchen, zehn Mal, tausend Mal... und eines Tages werden wir euch besiegen, für immer ... weil wir endlich die richtige Partei haben, verdammt ... die wir selber gegründet haben, die uns gehört und die uns nicht verraten wird. *Antonia und die Arbeiter wiederholen das Lied „So haben wir verloren ...", während langsam das Licht verlöscht.*

Fo für alle

Mamma hat den besten Shit **Rotbuch TB 7**

Bezahlt wird nicht! **Rotbuch TB 18**

Ruhe! Wir stürzen ab **Rotbuch TB 57**

Er hatte zwei Pistolen und seine Augen waren schwarz und weiß **Rotbuch TB 331**

Geschichte einer Tigerin **Rotbuch TB 1010**

Hohn der Angst **Rotbuch TB 1028**

Einer für alle, alle für einen! Verzeihung, wer ist hier eigentlich der Boß? **Rotbuch TB 1085**

Zufälliger Tod eines Anarchisten **Rotbuch TB 1086**

Elisabetta **Rotbuch TB 1087**

Isabella, drei Karavellen und ein Scharlatan **Rotbuch TB 1088**

Dario Fo / Franca Rame
Nur Kinder, Küche, Kirche **Rotbuch TB 6**

Dario Fo / Franca Rame
Offene Zweierbeziehung / Eine Mutter / Die Vergewaltigung **Rotbuch TB 29**

Dario Fo / Franca Rame
Ein Tag wie jeder andere **Rotbuch TB 1083**

Dario Fo / Franca Rame
Die dicke Frau / Die Heroine – Mater Toxicorum **Rotbuch TB 1084**